Skipper Worse

Alexander Kielland

Skipper Worse

First Published in Great Britain in 2016 by Jiahu Books – part of Richardson-Prachai Solutions Ltd, 434 Whaddon Way, Bletchley, MK3 7LB

ISBN: 978-1-78435-191-5

A CIP catalogue record for this book is available from the British Library

Visit us at: jiahubooks.co.uk

I

„Lauritz! — din Dævlunge! — op og klar Vimpelen.“

Skipper Worse stod agterud ved Kahytten. Der blæste en frisk Nordenvind indover Fjorden, og den gamle Brig kom glidende mageligt for smaa Seil.

Strømmen var udbærende og toppede Søen i krappe Bølger udfor Odden, hvor Sandsgaardbugten bøiede ind. Og idet „Familiens Haab“ svingede, syntes det gode Skib at kjende sig saa trygt og hjemligt inde paa den gamle vante Havn.

Men Skipper Worse blinkede til Rormanden: „Hun kjender sig pinedød igjen, saasnart vi er om Næsset.“

Thi „Familiens Haab“ var ikke som andre Skibe. Der kunde kanske være Skibe, der saa lidt lettere og finere ud; ja der kunde muligens findes — skjønt det havde da Jacob Worse aldrig seet — men umuligt var det ikke, at der blandt de nymodens Engelskmænd kunde træffes et eller to, der seilede en Smule bedre.

Men dermed stansede ogsaa alle Indrømmelser. Noget stærkere, noget tættere, noget fuldkomnere end „Familiens Haab“ fløď ikke paa Søen, — vilde heller aldrig komme til at flyde paa den.

Derfor skinnede Solen saa festligt udover Sandsgaardhusene, over Haven og Værftet, over hele den venlige Bugt, hvor de blaa Sommerbølger løb i flokkevis mod Land, for at melde, at Jacob Worse var i Fjorden.

Men Zacharias Søhusdreng havde allerede meldt det.

„Er han ogsaa sikker paa det?“ spurgte Konsul Garman skarpt.

„Vi har obsalveret hende i Kikkerten — Hr. Konsul! det er saavist „Familiens Haab“, som at jeg staar her en Synder for Gud. Hun holder lige ind paa Sandsgaardbugten.“

Morten W. Garman reiste sig af Armstolen. Han var en høi, svær Mand med stærkt krøllet hvidt Haar og fremstaaende Underlæbe.

Da han tog Hat og Stok, skalv han lidt paa Hænderne; thi „Familiens Haab“ havde været meget længe underveis.

Ude i det ydre Kontor stod Bogholderen ved den lille Udkiksrude. Konsulen tog Kikkerten af hans Haand, saa udover Fjorden, skjød Kikkerten sammen igjen og sagde: „Det har sin Rigtighed. Jacob Worse er en paalidelig Mand.“

Det var første Gang, noget Skib fra den Kant havde været i Rio de

Janeiro, og det var nærmest Skipper Worses Ærgjerrighed, der havde faaet det vovelige Foretagende istand. Men da han blev saa overordentlig længe borte, var Konsulen begyndt at opgive „Familiens Haab", som han havde opgivet saamange andre i de sidste Aar.

Nu var han vistnok glad baade over Skibet og over sin gamle Kaptein Worse; men alligevel var hans Trin tunge og lød saa ødsligt og trist, da han fra Kontorerne gik gjennem den store Gang, hvor den brede Trappe førte op til anden Etage.

Thi der skulde mere til end én heldig Reise, for at berolige den bekymrede Kjøbmand; og dertil kom, at Sandsgaard var tomt og forladt, ingen Ungdom, ingen Selskaber, — kun gamle Minder om sirlige Kavalerer og frimodigt udringede Damer, der havde efterladt en Duft i Krogene, som bragte hans Hjerte til at banke.

Siden Fru Garmans Død ifjor Sommer havde alle Selskabsværelserne i anden Etage staaet lukkede. Begge Sønnerne vare i Udlandet, Christian Fredrik i London og Richard i Stockholm; og Konsul Garman, der hele sit Liv igjennem havde været vant til munter og sorgløs Selskabelighed, skulde just ikke føle sig meget oplivet ved at leve alene med de to gamle Jomfruer — Søstre af hans salig Kone, der nu sloges om at styre Huset for ham. —

Da han fra sit gode Skib saa al den Bevægelse, der blev inde paa Værftet og rundtom i Bugten, svulmede Jacob Worses Hjerte af Stolthed. Alt, hvad der var af Baade, kom roende ud. Slægtninge af Mandskabet, Mødre og Kjærester viftede med Tørklæder, medens de græd af Bevægelse; — de fleste havde for længe siden opgivet „Familiens Haab".

Der var ingen Slægtninge, som tog imod Skipper Worse; han var Enkemand, og hans Søn var i Handelsskolen i Lübeck. Det, han glædede sig til, var at fortælle de andre Skippere i Klubben om Rio de Janeiro, hvor ingen havde været; men allermest frydede han sig ved Tanken om de Historier, han skulde opvarte Skipper Randulf med.

Hvad var nu Randulfs vidt berømte og tidt fortalte Reise til Taganrog imod Rio! — han — Worse — vilde ikke tage i Betænkning at smøre rigtig tykt paa.

I sine unge Dage havde Jacob Worse været en Galning, og han var endnu en munter halvgammel Fyr oppe i de femti Aar.

Hans Krop var kort og tæt, hans Ansigt et ægte Skipperansigt — firkantet, rødladent, trohjertet og lystigt. Hvis hans Hovedhaar vare talte, maatte det være et overmaade høit Tal; for de sad saa tæt som paa et Odderskind, og dertil voxte de paa en eiendommelig Maade.

Det saa ud, somom en Orkan engang havde blæst ham bag i Issen, lagt først en liden spiralformet Hvirvel af Haar deroppe og siden blæst alt det øvrige nedover og til Siderne og fremover. Og der laa nu hans Haar engang for alle tæt og fast uden at lade sig forstyrre af nogen senere Vind; og fremover forbi Ørerne havde Orkanen lagt smaa Rækker af Bølger lig de, den fine Flyvesand danner efter en Storm.

Inderst ved Bryggen blev „Fruens Baad" bemandet; Skipper Worse gned sig i Hænderne, det var en stor Udmærkelse. Men da han nu saa Konsulen selv stige ned i Baaden, gjorde han et lidet Rundkast paa Dækket som en lystig Gut.

Thi at Konsulen selv gik ombord og tog imod Skibet, var en stor Mærkværdighed. Der kom ellers ialmindelighed en fra Kontoret, naar ikke de unge Sønner vare hjemme; for da pleiede baade Christian Fredrik og især Richard at møde langt ude i Fjorden, for at seile ind og drikke Marsala i Kahytten.

Da Briggen svingede op for Ankeret, var „Fruens Baad" endnu et Stykke borte. Men Skipper Worse kunde ikke længer styre sig, han tog Tag i Vantet, svang sig op paa Rækken, og idet han viftede med Hatten, raabte han, saa det lød over hele Sandsgaard: „Vi kommer sent — Hr. Kunsel! men vi kommer godt!"

Konsul Garman smilte og hilste igjen, medens han i al Stilhed trak sine Ringe af den høire Haand; thi han kjendte Jacob Worses Nævetag, naar han kom af Reis.

Paa Dækket stod Kapteinen ærbødig og lyksalig med Hatten i Haanden, da Konsulen forsigtig og stivbenet steg op ad Falderebet.

„Velkommen hjem — Jacob Worse!"

„Tak for d e t — Hr. Kunsel!"

Konsulen overlod sin Haand til Presning.

Mandskabet stod i en ærbødig Kreds omkring. De var allerede vaskede og pyntede — færdige til at gaa iland; thi der var kommet saa mange Venner og Slægtninge ombord under Indseilingen, saa de behøvede ikke at tage Haand i Arbeidet med Ankring og Fortøining.

Konsulen hilste venligt paa dem. De solbrændte Ansigter tog sig saa fremmed og kjækt ud derhjemme i den kjølige Forsommer; en og anden havde en ildrød Skjorte eller en violet Skothue, som var hjemført fra det vidunderlige Rio. Og paa alle de smilende Ansigter kunde man se, at de vidste, hvilke Allerhelvedes Karle de vare og hvor ivrigt de længtede efter at komme iland, for at vise sig og begynde at fortælle.

„Her er en Galning," sagde Skipper Worse, „han gik ud som Kahytsgut; men vi har gjort ham til Jungmand underveis. — Kunselen maa vide, der døde et Par for os derover i Rio, — Satans heftigt Klima! naa Lauritz! —

frem med dig“

En ung Gut paa en sexten sytten Aar blev endelig skubbet ud af Gruppen, undseelig og kantet; Ansigtet rundt og rødt skinnende som et Æble efter en alvorlig Sæbevask.

„Hvad heder han?“ spurgte Konsulen.

„Lauritz Seehus,“ svarede Gutten.

„Lauritz Boldeman Seehus,“ rettede Kapteinen; og Mandskabet fniste, for de kaldte ham Lauritz Bollemand.

„Vi have altid havt god Grund og Anledning til at lægge besynderlig Vægt paa Kaptein Worse's Recommendationer, og dersom det unge Menneske vil træde i en saa dygtig Sømands Fodspor“ — her bukkede Konsulen for Kapteinen — „vil Huset forfremme ham efter Fortjeneste. Forøvrigt vil det hele Mandskab proportionaliter erholde en Gratification ved Afregningen ianledning af den lange og farefulde Reise. Huset takker hver især for godt og trofast Arbeide.“

Konsulen hilste rundt og gik ned i Kahytten fulgt af Kapteinen.

Mandskabet var i udmærket Humør baade for „Gratificationen“ og fordi det var noget ganske uvant, at en Reder kom ombord og takkede simple Søfolk.

Det var hellerikke Konsul Garmans Vane at give sig meget af med sine Folk. Ikke at han var nogen haard Herre — tvertimod; han hilste altid venligt, sagde vel ogsaa af og til et Par Ord i forbigaaende. Men han var og blev dog saa uendeligt fjern og høit oppe, saa at den mindste Venlighed fra hans Side blev til en Nedladenhed, der modtoges med Tak og Beundring.

Da han en halv Times Tid efter gik i Baaden igjen, for at ro iland, blev der raabt Hurra for ham fra Skibet. Konsulen reiste sig i Baaden og tog sin Hat af. Han var meget bevæget og trængte til at komme hjem i Kontoret og være alene.

Konsulen førte med sig iland Skibets Papirer og en Pose gode Souvereigns. Det havde været en god Reise; *Huset C. F. Garman* havde paa lang Tid ikke gjort en saa god Forretning; det var glædeligt; men det var ikke nok.

I alle de Aar, Morten Garman havde arbeidet efter Faderens Død, var det aldrig lykkedes ham at bringe Liv og Frodighed i den store, vidtløftige Virksomhed.

Huset havde i Krigsaarene og ved Myntreduktionen lidt saa tunge Tab, at dets Kræfter vare lammede for mange Aar, — ja det syntes næsten, somom det aldrig skulde forvindes. Sagen var, at Huset fra gammel Tid sad med altformange faste Eiendomme, der ikke stod i Forhold til den formindskede rørlige Kapital; dertil kom ogsaa Gjæld, som tyngede.

Og det blev ikke bedre; Morten W. Garman, som var en usædvanlig duelig Handelsmand, maatte opbyde al sin Kraft og Flid, for at opretholde Husets gamle Glans og Anseelse.

Saalænge han endnu var ung, gik det an; men nu, da han nærmede sig sexti Aar, da hans Kone var død og der var tomt og øde paa Sandsgaard, nu faldt det dobbelt tungt over ham, at denne Forretning, som var hans Glæde og Stolthed og som han havde drømt at gjøre saa stor og stærk, at den skulde ligge igjen efter ham uden Livskraft kanske endog opløst og usolid.

Husholdningen paa Sandsgaard havde alle Dage været meget kostbar. Den livlige, smukke Fru Garman havde yndet Assembléer, Maskerader og Optog, og hendes Mand delte fuldkommen hendes Smag i saa Maade.

De friere Ideer fra Aarhundredets Begyndelse i Forbindelse med hans Stilling som eneste Søn i det store Handelshus havde givet hans Livsanskuelse et overmodigt Sving. Inde i Byen var der baade lidt Spot og megen Forargelse over hans Forfængelighed.

Men det vidste han selv ingenting om.

Fra sit Ungdomsliv i Udlandet og fra hyppige Reiser førte han med sig hjem en egen Luft, hvori han levede, — Anskuelser og Ideer, vidt forskjellige fra dem, med hvilke der arbeidedes i den lille tarvelige By, som netop befandt sig i en dobbelt Gjæring ved økonomisk Opsving og en stærk, religiøs Bevægelse.

Ude paa Sandsgaard derimod levedes der endnu Paryktid. De hovmodige Embedsmænd og Officerer, som hørte til i Byen, livedes op igjen og gjenfandt sine Traditioner ved Festerne derude, hvor der blev spist og drukket godt og længe ved lange Borde; hvor Selskabet var saa fint og sikkert paa sig selv, at Samtalen ikke behøvede at være saa ængsteligt fin; hvor et dristigt Ord eller et Tryk af en Fod eller en Haand, som forvildede sig, hvor den ikke burde være, eller en Hvisken bag Viften, som i Virkeligheden var et Kys paa Øreflippen, hvor hundrede smaa Traade — for lette til at være letfærdige gik fra den ene til den anden og indspandt det hele Selskab i et fint, glinsende Silkespind, bag hvilket Frivoliteten tog sig ud, blev elegant, sirlig, anstændig som en Menuet.

Og i dette Liv svømmede Konsul Garman — sikker og behændig som en blank Fisk.

Naar han paa de store Selskabsdage sad i Kontoret om Formiddagen, fløi Pennen henover Papiret, og da skrev han sine bedste Breve. Hans Tanke var saa klar, hans Sind saa færdigt og ubekymret, at det største som det mindste kom frem i sin Orden og paa sin Plads.

I samme Brev, hvori han ordinerede en Ladning Kaffe, glemte han ikke tolv Pakker Lak og to Kurve hollandske Kridtpiber til Kramboden; og fra at have givet en havareret Kaptein sine instruktioner, kunde han uden Anstrængelse gaa over til den mest detaillerede Beskrivelse af en Indretning ved Ovnsrørene, som han havde seet i London, og som han nu vilde have indført paa Byens Sygehus.

Men naar saa Posten var expederet, og Klokken blev henad tre — Middagstiden ved store Selskaber — og Konsulen havde barberet sig omhyggeligt, parfumeret og salvet sig af talrige Krukker og Flasker, da steg han opad den brede Trappe i sin langskjødede blaa Kjole med blanke Knapper, Puffer paa Skuldrene, indsnøret Vest, Kalvekryds med Diamantnaal og det smukke graasprængte Haar ligesom let pudret i Bukler. Og da kunde det vel hænde, at han nynnede et forvovent fransk Refrain, — tænkende paa sine galante Eventyr og stillende sine smukke Ben sirligt og omhyggeligt; det var hans Drøm, at Knæbuxernes Tid vilde vende tilbage.

Trods sine galante Eventyr havde Konsul Garman været en mønsterværdig Ægtemand efter Tidens Fordringer; og da hans Kone døde, sørgede han oprigtigt, og satte mange Mindestene med kjærlige Inskriptioner paa hendes Yndlingssteder i Haven.

Med Fruens Død fik jo Selskabeligheden en Ende, saa at den Udgiftspost gik betydeligt ned; men samtidig gik et Par andre Poster temmelig stærkt iveiret. Og det var de to unge Sønners Conti — især Richards.

Konsul Garmans Natur havde ligesom spaltet sig i disse to Sønner. Richard var hans Stolthed og Svaghed. Hans smukke Ydre og lette Sind var som et Gjenskin af Konsulens egen Ungdom; og naar Richard tog den bedste Hest og det smukkeste Ridetøi og Konsulens egen Ridepisk, som ingen maatte røre, da listede Faderen sig fra Vindu til Vindu, saalænge han kunde øine ham, — henrykt over, hvor godt Gutten sad tilhest, og hvor det altsammen passede til ham.

Mod sin ældste Søn — Christian Fredrik — var Konsul Garman derimod mere stræng.

Til Richard kunde han stundom skrive, naar det blev altfor galt med hans Ødselhed: „Jeg kan vistnok ret vel sætte mig ind i, at den *carrière*, som du med dine Forældres Samtykke har valgt, medfører adskillige Udgifter, som ihvorvel tilsyneladende overflødige dog ved en nøiere Betragtning af Omstændigheder og Forhold kunne indrømmes at være om end ikke absolut nødvendige, saa dog til en vis Grad paakrævede eller begrundede i samme ovenbemeldte Forhold; men paa den anden Side vil jeg dog give dig at betænke, om du ikke selv med betydeligt indskrænkede *expenser* skulde kunne forventes at opnaa det samme Resultat for din Fremtid paa den diplomatiske Løbebane. Fornemmelig vilde jeg have dig *admoneret* om, at du holder et *regulairt* Regnskab; ikke saa meget af den Grund, at jeg skulde ville controllere dine Udgifter; som paa Grund af, at Erfaring har lært mig, at vi ved et regulairt Regnskab bedst controllere os selv."

Men Regnskab var ikke Richards Sag — endsige da et regulairt; han begyndte af og til; men det gik helst op i Spøg og muntre Historier, som morede den Gamle og fik ham til at glemme Pengene.

Christian Fredrik derimod indsendte maanedlige Extrakter af sin Cassabog ligefra den Tid, han var i Christianis Institut; og disse Extrakter blev paa det ubarmhjertigste gjennemgranskede af Konsulen.

Var der da en feilagtig Postering, for nu ikke at tale om en Regnefeil — eller bare en Udgiftspost, som kunde synes noget stor eller usædvanlig, saa fik Sønnen et skarpt Brev om det for en Kjøbmand absolut forkastelige i uordentlig Bogførsel eller Ødselhed.

Dette holdt Christian Fredrik i en ængstelig Respekt, ja det krænkede ham undertiden. Men han vilde have følt sig beroliget, om han havde seet, med hvilket Velbehag Konsulen gjennemgik disse sirlige Extrakter, og med hvilken Omhu de bleve nummererede og nedlagte i en vis, bestemt Skuffe.

Desuden var Christian Fredrik nu den eneste, med hvem Konsulen underholdt nogen Fortrolighed; og i de udførlige Breve, han afsendte mindst en Gang om Maaneden, holdt han sin ældste Søn à jour med Forretningen. I det sidste hændte det endogsaa, at Konsulen spurgte om hans Mening i et eller andet.

Blandt de Ting, som mest sysselsatte Konsul Garman og paa en Maade foruroligede ham, var ogsaa det Opsving, Byen tog i de senere Aar.

Ganske nye Folk dukkede op med Lommen fuld af Penge, kjøbte Sild og saltede for egen Regning og udskibede i tusindvis af Tønder om Vaaren. Hele Formuer tjentes af Haugianere og Hængehoveder, som blandede Bibelsprog i sine Handelsbreve og ikke havde Idé om et ordentligt Bogholderi.

Der var et Liv og en Travlhed og en Salmesang og en Opbyggelighed over Byen, som den Gamle paa Sandsgaard ikke blev træt af at forundre sig over. Og alle disse Mennesker havde Penge.

Herfra begyndte saa igjen Konsulens sørgelige Betragtninger; men dem holdt han for sig selv. Ikke engang Christian Fredrik maatte vide, hvor vanskeligt han mangen Gang havde det. —

„Familiens Haab“ laa vel fortøiet med Flag under Gaffelen, Vimpel og Stander. Mandskabet gik iland, medens der var en stadig Strøm af Visiter ombord baade fra Sandsgaard og Byen.

Kapteinens hvidmalede Gig blev bemandet. Jacob Worse satte sig agterud paa et udbredt Flag, hvis Hjørner slæbte i Søen. Bagved ham krøb Lauritz Boldeman op og tog Rorlinerne; det skulde se ud aldeles som en Orlogsbaad. Sex Mand roede med lange Drag og vippede Vandet med Aarerne.

Saaledes havde Skipper Worse hele Tiden tænkt sig at vende tilbage fra sin Rio-Reise, og derfor var han ogsaa sjæleglad, da han nu kom indad Byvaagen.

Thi det kunde aldrig falde ham ind at lade sig ro iland i Sandsgaard og derfra spadsere til Byen, skjønt det var meget kortere og snarere. Det var en Grille hos ham, at Sandsgaard var en Ø, og hvorledes end Veiret var, lod han sig bestandig ro baade frem og tilbage.

Han kunde se, at de havde heist Flag paa hans Søhus inde ved Torvebryggen. Worse eiede en gammel vidtløftig Handelsgaard, der omfattede hele Kvartalet ved Torvet og endte i et stort femetages Søhus ud imod Vaagen. Thi Jacob Worse havde Penge, dem han dels havde lagt sig op som mangeaarig Skipper, dels havde tjent ved egne Speculationer.

Naar han var hjemme om Vinteren, var han den ivrigste paa Fisket fra den første Dag, til det var slut; kjøbte, solgte og saltede for egen Regning.

C. F. Garman befattede sig ikke saameget med Silden; Huset drev helst Speculations- og Commissionshandel i Salt og Korn i Forbindelse med Bankier- og Vexelforretning.

Skipper Worse havde saaledes i Aarenes Løb gjort sig til en forholdsvis rig Mand; og naar han — som denne Gang — havde været saa længe borte, var han meget spændt paa at erfare, hvorledes hans Folk havde stellet sig i den lange Tid.

Men intet interesserede ham dog i den Grad som at træffe Skipper Randulf, og hvergang han tænkte paa det, slog han sig paa Knæet og lo høit.

Inde paa Vaagen laa der faa Skibe, siden det var Sommer; men hist og her fik de dog sine Flag frem, da de saa Jacob Worses Baad komme indover. Fra Brygger og Søhuse paa begge Sider af Havnen raabte Kjendinger til ham; han hilste igjen og lo — stolt og fornøiet.

„Hvor skal du hen — Lauritz?“ — spurgte han, da de nærmede sig til Bryggen; for Lauritz Seehus hørte hjemme i Flekkefjord.

„Jeg tænker, jeg vil tage ind hos Madame Torvestad; der har jeg altid boet før,“ svarede Gutten.

„Aa Fanden —," sagde Jacob Worse, „nu er du jo voxen Gut; du kan da ikke blive boende hos den gamle skinhellige Postillen."

Men da han saa nogle Trækninger i Ansigterne paa dem, der roede, forstod han det og raabte: „Aa din Dævlunge! saa det er for Jomfruernes Skyld, du vil til Madame Torvestad! — ja tag du dig iagt; du ved, jeg kommanderer den Skuden ogsaa."

Dette var en Vittighed; thi Madame Torvestad boede tilleie i Bagbygningen i Worses Gaard.

Men paa Torvebryggen ventede der Skipper Worse en bitter Skuffelse: Randulf var i Østersøen med Sild.

II

„Sara! — du gaar i Forsamlingen i Eftermiddag," sagde Madame Torvestad til sin ældste Datter.

„Ja Moder."

„Skipper Worse er kommen hjem; jeg vil gaa over og ønske ham velkommen. Den arme Mand er vel endnu i sine Synder og uden Trang til at delagtiggjøres i Brødrenes Adgang til Naadestolen. Tænk Sara! om nogen af os kunde blive et Redskab i Herrens Haand til at redde denne Vildfarende!"

Madame Torvestad saa fast paa sin Datter; men Sara, som stod ved Kjøkkenbænken og vaskede op efter Middagen, løftede ikke sine Øine, der var mørke og store med lange Øienhaar og stærke, sorte Bryn.

„Du kunde gjerne spørge blandt Vennerne, om ikke en og anden skulde føle Trang til at komme indom til os, for at samtale om det, der er talt i Forsamlingen og saaledes gjensidigen styrke og befæste hinanden i Naadens Samfund."

„Ja Moder."

Madame Torvestad gik ind i Dagligstuen, som var lidt mørk, fordi det var i Baggaarden. Ellers var der smukt og solid møbleret, meget pent og ordentligt, men lidt tørt.

Hun var Enke efter Brødremenighedens Forstander; og der var efter hans Død ikke kommen nogen ny. Thi de egentlige Herrnhuters Tal var ikke stort, og det forøgedes heller ikke, fordi den religiøse Bevægelse mest fulgte den Haugianske Retning.

Der var ogsaa i Læren saamegen indre Overensstemmelse og i Livet saamegen ydre Lighed, at Herrnhuter og Haugianere ikke blot ialmindelighed regnedes for hip som hap af dem, der stod udenfor Vækkelsen; men en Sammensmeltning foregik i Virkeligheden efterhaanden mellem de to Retninger.

Oprindelig var der vel en ikke ringe Forskjel mellem Brødrene og Hauges Venner i Henseende til almindelig Dannelse. Hauge søgte og vandt sine første og troeste Tilhængere blandt Bønderne. Brødremenigheden derimod bestod for en stor Del af velhavende Byfolk, som desuden ved tyske Forstandere og hyppige Besøg i Christiansfeldt og de andre herrnhutiske Stationer erhvervede mere ydre og indre Kultur. — Men senere, da Hans Nielsen Hauges Vækkelse var gaaet over det hele Land og havde kjæmpet sig frem gjennem utallige Trængsler, og især da det efter den langvarige Arrest og Hauges Død blev vitterligt for alt Folket, hvilken skjændig Uret Embedsstanden havde øvet mod uskyldige og gudfrygtige Mennesker, — da vandt Bevægelsen ogsaa mange Tilhængere i de Samfundsklasser, hvor man hidtil med Foragt og Afsky havde seet ned paa de bondeagtige Sværmere og Fanatikere.

Dette bidrog ogsaa til Sammensmeltningen. Hauges Venner vare desuden altid beredte til Fordragelighed og Imødekommenhed, hvor de bare mødte levende Kristentro. Og Herrnhuterne vare ihvertfald ikke stærke og talrige nok til at hævde en Særstilling, selv om de havde villet det.

Det var derfor til Haugianernes nye Forsamlingssal, Madame Torvestad sendte sin Datter, ligesom der til hendes smaa Opbyggelser kom Vakte af begge Retninger uden Forskjel. Selv havde hun beholdt nogle Ord og Vendinger, som mindede de Indviede om hendes lange Ophold i Gnadau, og hun havde bestandig stor Lyst til at læse op af nogle smaa pietistiske Traktater, som hun tildels selv havde oversat fra tysk.

Fra Dagligstuen gik Madame Torvestad ind i Væverstuen, hvor Tjenestepigen sad og slog Væven flittigt og taktfast. Der stod Rokke og Garnvinder og paa Bordet foran Vinduet laa der Skræddersøm; thi det var et Hus, hvor Bøn og Sang afvexlede med strængt og nyttigt Arbeide.

„Hvor er Henriette?“

„Hun gik ud, for at høre, hvorfor de heiser Flag paa Havnen.“

„Ak ja — Martha! — hvor længe hænger ikke det unge Hjerte ved denne Verdens Daarlighed! — Lad mig se, hvor langt du er kommen.“

Imidlertid fortsatte Sara sit Arbeide nynnende en Salme. Det var hendes Uge til at have Kjøkkenstellet; hun vexlede med Tjenestepigen; Henriette var endnu for ung.

Sara var 26 Aar gammel. Skjønt fyldig og stærk af et arbeidsomt og sundt Liv, var hun dog meget bleg; hun gik sjeldent ud, og naaede aldrig synderligt længer ud i Verden end til Kirken og Forsamlingshuset.

Hendes Ansigt rundede sig saa smukt nedover den fyldige Hage, som forresten mindede lidt om det myndige Udtryk hos Moderen, Haaret laa aldeles glatstrøget og Fletterne vare samlede i en beskeden Ring paa Baghovedet.

Det smukke ved Jomfru Saras Ansigt og hele Person var ikke af den Art, som alle strax faar Øie paa det ene Aar, men som ingen kan se Spor af det næste. Der var tvertimod noget solid ved hende: de afrundede, bløde Træk, den matte, hvide Hud og Øinene mod de stærke Omgivelser gav hende en stille tiltrækkende Skjønhed, der vilde holde sig længe.

Medens hun stod og klirrede med Kopper og Tallerkener — nynnende sin Salme, hørte hun ikke, at en Mand kom opad Kjøkkentrappen. Først da Døren gik op, vendte hun sig, blev lidt rød og slog Øinene ned.

Manden i Døren, som var høi og bredskuldret, slog ogsaa sine Øine ned og sagde: „Se her — Sara! bringer jeg dig „Livet i Døden" som vi talte om. Maatte du have sand Glæde af den!"

„Tak Hans Nilsen!" svarede Jomfru Sara uden at se op; hun kunne ikke tage imod Bogen, fordi hun var vaad; han lagde den derfor paa Bænken og gik igjen.

Hun lyttede efter hans Trin, idet han gik videre opover Trappen til Loftet; Hans Nilsen Fennefos var nemlig en af Madame Torvestads Logerende.

Derpaa tørrede hun i en Fart sine Hænder, tog varsomt Bogen og læste et Stykke hist og her med Iver og Glæde — Det var jo en Bog af selve Hauge, om hvem Fennefos altid talte; men som Moderen syntes at holde mindre af; ialfald havde hun ingen af hans Bøger.

Men Jomfru Sara havde andet at gjøre end at læse. Hun lagde den kjære lille Bog, som Hans Nilsen selv havde indbundet, i Vinduet foran sig og tog igjen fat paa sit Arbeide og sin Salme, men lidt stærkere end før. Stundom bøiede hun sig fremover, lagde Hovedet paa Siden og saa op i den smale Stribe af blaa Sommerluft, som hun kunde skimte over Worsesmuget, og hendes mørke Øine fik en uskyldig, henrykt Glans, somom hun saa lige ind i den aabne Himmel.

Nu kom der nye Trin i Trappen nedenifra, og denne Gang hørte Sara godt; det var Henriette, — det var ikke til at tage feil af — to-tre styrtende, hurtige Trin, saa et Fald og lidt Rabalder, saa nogle Trin igjen — ganske som de unge Piger pleier at snuble sig opover Trapperne, naar de nylig har begyndt med lang Kjole.

Henriette kom ind — rød, straalende, forpustet, med Haaret i en Sky og begyndte i en Fart: „Aa Sara! nei, du skulde seet! du Mirakel! hvor jeg blev forundret, — for du skulde bare vide, — ved du, hvem der er kommen hjem?"

„Hys — hys — Henriette," skjændte Søsteren, „tænk om Mor kom og saa dig."

Strax begyndte Henriette at glatte det balstyrige Haar med Spyt; men hun kunde ikke tie, og hun hviskede uhyre ivrigt: „Jeg var paa Torvet — helt nede paa Bryggen, — ikke sig det til Mor; og saa kom Skipper Worse roende — Skipper Worse er kommen fra Rio, — vidste du det? — med sex Mand og Flag, — og bag sad Lauritz; — jeg kjendte ham ikke, før han sprang iland, — saa høi var han" — hun pegte bent op i Luften, — „han saa mig, jeg tror, han er efter mig!"

„Nei men Henriette!" — begyndte Sara strængt og rynkede sine Øienbryn.

Men den ugudelige Henriette stak Tungen ud og smuttede ud i Gangen, hvorfra hun haabede ubemærket at naa Væverstuen.

Saras Ansigt var bleven bekymret næsten strængt. Denne Vildskab hos Søsteren var hende ubegribelig; saaledes havde hun aldrig selv været; og hun vidste, at et saadant verdsligt Sind maa bøies strængt under Herrens Tugt.

Alligevel gik der hende stundom et Stik gjennem Hjertet, naar Henriette sprudlede over af Ungdommelighed, og noget, der næsten kunde ligne Lyst til at være med, rørte sig i hende.

Det var den gamle Adam i hendes Kjød, som daglig skal dødes og druknes; og det gjorde hun ogsaa i Bøn og Sang og flittig Omgang med Ordet; — men alligevel — alligevel — —

Endnu en Gang blev Jomfru Sara forstyrret, idet et rundt, solbrændt, smilende Ansigt viste sig i Kjøkkendøren.

Men Smilet forsvandt, og Lauritz traadte flau og kantet ind; han havde aabenbart gjort Regning paa at træffe en anden end Sara.

„Velkommen hjem — Lauritz," sagde Sara venligt.

„Tak for d e t ," svarede Lauritz med den dybeste Bas, han kunde frembringe; han blev staaende og gned sig mod Døren.

„Vilde du snakke med Mor?"

„Ja — jeg vilde spørge, om jeg kunde faa bo her."

„Mor er inde i Dagligstuen."

Lauritz Seehus var næsten som en yngre Broder for Sara, siden han havde været i Kost hos Madame Torvestad, fra han var Skolegut. Hans egentlige Hjem i Flekkefjord var ikke godt, Faderen drak, og der var altid et Mylder af smaa Børn.

En liden Stund efter kom Lauritz ud igjen — meget slukøret og elendig.

„Naa — Lauritz!" — sagde Sara, „skal du alt gaa igjen?"

„Ja" — svarede han og skyndte sig ud, „jeg fik ikke."

Men da han gik ned igjen ad den gamle, kjendte Kjøkkentrap, syntes han, at han var det ulykkeligste Menneske i Verden, ja han græd — for første Gang som Jungmand.

Det havde h a n nu glædet sig til paa hele Reisen: at faa sit gamle Tagkammer, at være sammen med Henriette hver Dag, at forære hende alt det mærkværdige, han havde i Kisten, at lure sig ud med hende og ro, naar Madamen var i Forsamlingen eller rende paa Kjælke i Maaneskin om Vinteraftenerne, — alle disse straalende Haab, der var saa fuldt færdige, gjennemdrømt de hundrede Gange, udmalede indtil de mindste Smaating i de lange, ensomme Vagttimer paa Dækket.

Nu syntes han ikke, der var noget Haab eller nogen Glæde mere for ham i denne Verden og knapt nok i den næste.

Sara syntes igrunden Synd i ham. Men Moderen kom ud og sagde: „Du saa Lauritz? — Sara!"

„Ja Moder."

„Talte du med ham?"

„Nei — jeg ønskede ham bare velkommen."

„Tror du, han er en Omvendt?"

Sara vidste ikke, hvad hun skulde svare; men Moderen sagde strængt: „Sig du kun nei — mit Barn! saaledes ser ikke den omvendte og angrende Synder ud. Vel hører Dommen Herren til; men vi maa sandelig ogsaa bruge vore Øine og vor Forstand, at ikke et skabbet Faar skal indtrænge sig og besmitte den ganske Hjord."

Sara maatte give Moderen Ret i sit Hjerte; især fordi hun forstod, at Henriette og Lauritz nu vare saa voxne, at det fortrolige Forhold snart kunde blive til syndig Kjærlighed.

Hun havde endogsaa; mens han var inde i Stuen tænkt paa, at det vist var hendes Pligt at sige Moderen, hvad hun mente. Nu slap hun for det; og hun var overbevist om, at det saaledes var bedst for de Unge.

Alligevel kom hun til at tænke paa, hvor ynkelig han saa ud paa Ryggen, da han kryylede ud af Kjøkkendøren, og hvor Henriette vilde blive skuffet; — han havde jo altid boet her. Igrunden var det jo saa godt for dem begge, at Fristelsen blev taget bort fra deres Vei, — men alligevel — alligevel — —

Allerede Klokken syv var Jacob Worse gaaet hjem fra Klubben; den var ikke til at holde ud.

Alting var gaaet i Baglaas for ham; ingenting var kommet som han havde ventet det, fra han satte Foden paa Land.

I Klubben havde han mødt et Par finske Kapteiner, som laa i Havari, ganske unge Fyrer, som havde faret paa Amerika. Den ene af dem — en rigtig Flab — med engelsk Skjæg og Guldkjæde — havde været i Rio de Janeiro — to Gange.

O Randulf — Randulf! hvad skulde du i Østersøen!

Det gik Skipper Worse som det pleier at gaa alle, der har et let Sind. Den ubetydeligste Glæde kunde sætte ham i ypperlig Stemning og hjælpe ham over de største Ubehageligheder; men dersom — omvendt — en liden Fortrædelighed først fik trukket ham hen i det gale Hjørne, saa var alt forkjert, en Række af Ulykker styrtede over hans Hoved og han syntes selv, at ingen kunde være saa forfulgt og mishandlet af Skjæbnen som han — for den Dag; thi ialmindelighed sov han sit Sind i Ligevægt igjen.

Idag var det netop saadan en Ulykkesdag fra det Øieblikk han hørte om Randulf; og derfor havde han ikke fundet noget at glæde sig ved hverken i Klubben eller Kontoret eller Kramboden eller paa Søhuset, sjønt Forretningen i Virkeligheden var gaadt upaaklageligt under hans Fraværelse, og hans Folk fortjente meget mere Ros en de fik.

Gnaven og modfalen gik han ud og ind i sine pene, rummelige Stuer. Solen stod lavt i Nordvest, og over Pynten, som skilte mellem Byvaagen og Sandsgaardbugten, kunde han midt i den guldglinsende Aftenhimmel se Bramræerne af „Familiens Haab“.

Men ingenting hjalp. Og nu kom han desuden til at mindes, at gamle Havnefoged Snell oppe i Klubben havde taget ham hen i en Krog og hvisket — med Fingeren paa sin lange røde Næse: „Pop-pop! Jacob! — det var nok paatide, du bragte den Gamle nogle Skillinger. De siger — pop-pop! —, han kan trænge dem nu om Dagen.“

„Hvad Fanden mente han med det?“ — raabte Skipper Worse arrig, da han nu huskede det, „vil det gamle Snydeskaft indbilde mig, at C. F. Garman er i Nød for Skillinger — puh! — hvad vil du? — Lauritz!“ skreg han pludselig, da han saa sin Jungmand i Døren.

„Ingenting — Kaptein!“ — svarede Lauritz sagtmodigt og gik igjen.

Men Worse for efter, fangede ham i Gangen og trak ham ind i Stuen.

Det var sandt, hvad Lauritz havde sagt; han vilde igrunden ingenting. Men da han i sin Sorg og store Forladthed saa Kapteinen, der altid var saa god mod ham, gaa frem og tilbage forbi Vinduerne, vovede han sig ind i et ubestemt Haab om muligens at finde en eller anden Trøst.

Worse holdt ham i Nakken og saa paa ham: „Hm! — jasaa, der er nok en til, som ikke har havt nogen lystelig Hjemkomst. Kom Gut! — lad os to drikke et Glas sammen, saa kan du bagefter fortælle, hvad der er ivejen med dig.“

Skipper Worse aabnede Klaffen i Skjænken henne i Krogen, stillede to runde hollandske Glas frem og skjænkede en Kirsebærratafia for Lauritz og en gammel gul Jamaica for sig selv.

„Se saa!“ — sagde Worse, da de havde drukket, „lad os nu høre dine Sorger og Bedrøvelser.“

Men istedetfor at begynde satte Lauritz i en Fart sit Glas ind i Skjænken, snappede Kapteinens og satte det ogsaa ind, derpaa smækkede han Klaffen i og tog selv Plads paa Træstolen nede ved Døren.

Worse troede, Gutten var bleven gal; men for han fik Tid til at bryde løs, bankede det, og Madame Torvestad traadte ind.

Lauritz havde seet hende gaa forbi Vinduet, og Respekten for Madamen var i den Grad gaaet ham i Blodet, at Synet af hende forjog al anden Tanke af hans Hoved: bare hun ikke fik se, de drak.

Worse vilde hellerikke have sligt, om Madamen havde fundet ham ved Skjænken sammen med det unge Menneske; og da han nu forstod, plirede han gemytlig med det ene øje til Lauritz, medens han førte Madame Torvestad til Sæde i Sofaen.

Hun var i sort Silkesalop, mørkegraa Hat med langt fremspringende Skygge og brede Atlaskes Hagebaand. Hendes Dragt og hele Person gav Indtryk af solid Velstand og værdigt Alvor.

Den noget store, dobbelte Hage og Hovedets Reisning gav hende et myndigt Udseende. Derved skilte hun sig ud fra de andre Vakte. Thi disse bestræbte sig helst for at udtrykke Ydmyghed i sit Ydre og i sit hele Væsen, ligesom det ogsaa var blevet Skik blandt Hauges Venner paa Vestlandet at tale i en klynkende, sødlig Tone.

Madame Torvestad havde ikke glemt, at hun var Enke efter Brødremenighedens Forstander, og det var bestandigt hendes Maal at holde sig og sit Hus som et Midtpunkt for den religiøse Bevægelse. Derfor lagde hun megen Vægt paa sine smaa Forsamlinger, halvt Opbyggelse, halvt Aftenselskab —, og det var af samme Grund, at hun modtog Logerende i sit Hus, hvilket hun for Indtægtens Skyld ikke behøvede.

Lauritz regnede hun ikke med i saa Henseende; ham havde hun taget efter indstændig Anmodning fra Venner i Flekkefjord; men de, som ellers boede hos hende, vare aandeligt sindede unge Mennesker — helst omreisende Lægprædikanter, der kom og gik, stansede nogle Dage blandt Vennerne, for at samtale og gjensidig opbygges.

Og herved opnaaede Madamen, at hendes Hus forblev et af Samlingsstederne for de Vakte i Byen og hun selv en af de indflydelsesrigeste Kvinder, som de Ældste somoftest tog med paa Raad.

Ligeoverfor Skipper Worse var Madame Torvestad altid lidt mindre stræng og alvorlig end mod alle andre, — om det nu var, fordi hun havde boet tilleie hos ham i saa mange Aar, — eller om hun troede, hans Sjæl paa den Maade bedst kunde vindes for Naadens Kaldelse, — eller om hun muligen havde andre Grunde.

Ialfald var det paafaldende, hvor lidet hun blandede Guds Ord og fromme Sententser ind i sine Samtaler med ham; hun taalte endog — ja hun smilte en enkelt Gang af den muntre Kapteins Vittigheder, naar de vare fuldstændigt harmløse.

Efterat hun havde ønsket ham velkommen hjem og talt om et og andet, som var foregaaet i hans Fravær, sluttede hun med at spørge, om han ikke, da han nu engang sad saa alene — kunde have Lyst til at gaa over til hende og spise tilaftens. Det vilde glæde hendes Døtre.

„Kommer der ikke andre?“ spurgte Jacob Worse mistænksomt.

„Det kan nok hænde, at nogle af Vennerne kommer indom til os, naar de gaar fra Forsamlingen.“

„Ja — saa skal De have Tak for mig — Madame Torvestad!“ mumlede Jacob Worse halvt ærgerlig. „De ved, jeg passer ikke i det Selskab.“

„Sig ikke det — Kaptein Worse! men lad os heller ønske og bede, at De maa komme til at passe rigtig godt i det Selskab, hvor Guds Ord høres til Opbyggelse i Herren;“ — dette sagde hun med stor Inderlighed og saa paa ham med sine kloge Øine.

Skipper Worse blev lidt forlegen og gjorde sig en Tur omkring i Stuen. Det var ikke godt at svare noget til sligt; han vilde Pokker ikke i Forsamlingen; men han vilde dog gjerne finde en pyntelig Maade til at slippe.

Lauritz reiste sig idetsamme henne ved Døren og gjorde Mine til at gaa.

„Nei — nei — Lauritz!“ raabte Kapteinen, „du maa ikke gaa; vi skulde jo snakke sammen. Hvor skal du hen?“

„Jeg maa ud i Byen og søge Husly for Natten,“ svarede Lauritz mørk, men lidt trodsigt efter Ratafiaen.

„Hvad? — du skal da vel bo hos Madame Torvestad? — skal han ikke det? — Madam?“

„Nei,“ svarede hun tørt, „som De ved er de, der bo hos mig, mest aandelige Mennesker. Jeg modtager jo ikke Søfolk.“

„Ja — men Lauritz har jo havt som et Hjem hos Dem Madam! — det er dog altfor haardt for den stakkels Gut at komme hjem og saa blive sat paa Gaden.“

Worse forstod nu, at her var Jungmandens Sorg, og i sin Godmodighed vilde han gjerne hjælpe ham.

Men Madame Torvestad svarede ikke noget paa det; hun samlede Salopen om sig og lavede sig til at gaa.

„Ja Farvel da — Kaptein Worse," sagde hun, „og inderlig velkommen er De. Om en halv Times Tid venter jeg Sara og kanske et Par af de andre fra Forsamlingen; saa spiser vi tilaftens sammen, og kanske holder da en eller anden af os en liden Bøn. Kunde De ikke selv føle Trang til i Samfund med andre Troende at vende Dem med Tak til ham, der har reddet Dem af Stormen og ført Dem uskadt henover de vilde Bølger?"

„Jo — jo vist — Madame! — ser De, men" — Worse stod og vred sig lidt.

„Kom nu! — vær ikke gjenstridig mod Kaldelsen!" — hun rakte sin Haand frem og saa venligt paa ham.

Men Worse trak sin tilbage og sagde halvt spøgende: „Stridig vil jeg nødig være. Men jeg synes, De Madam Torvestad er temmelig stridig, som ikke vil unde den stakkels Lauritz Husly. Skal vi gaa paa Akkord? — jeg kommer til Opbyggelsen, hvis De vil lade Lauritz faa bo hos Dem, — hvad? slaa til Mam Torvestad!"

„Jeg vilde gjøre mere end det — Kaptein Worse! naar det kunde bidrage til at fremme Naadens Gjærning i Dem," svarede hun blidt og rakte ham Haanden.

Derpaa sagde hun i sin almindelige Tone til Lauritz: „Ja, du hører, jeg gjør det for Kapteinens Skyld. Lad mig nu se om du opfører dig, saa jeg ikke skal fortryde det. Du kan faa dit gamle Kammer; det staar færdigt."

Dermed gik hun.

Men Kapteinen og Jungmanden tog sig endnu en Omgang ved Skjænken. Dette havde kvikket Worse op; og da han saa, hvor sjæleglad Lauritz stormede afsted til Søhuset, for at hente Kisten med det mærkværdige i, glemte han for et Øieblik, hvor dyrt han havde betalt sin Jungmands lille Tagkammer.

III

Hans Nilsen Fennefos kom fra en Familie, der tidlig var bleven vakt ved Hauges Reiser gjennem Bygden. Fra sin tidligste Barndom havde han hørt Tale om den elskede Lærer, hans Moder havde sunget hans Salmer, og selv bar han hans Navn.

Derfor var der meget, som ligefrem maatte synes at drive ham til Eftefølgelse.

Men Gutten havde et stærkt og lidenskabeligt Sind og lige til sit tyvende Aar gjorde han sin Moder Sorg ved et vildt og letsindigt Liv.

Da hændte det en Nat, han kom sent hjem fra et Danselag og vilde liste sig forbi Stuen og op paa sit Kammer, at han hørte Moderen ligge vaagen

og synge:
„Befal du dine Veie
Og al din Hjertesorg
Til hans trofaste Pleie,
Som styrer Himlens Borg.
Han som kan Stormen binde
Og lede Bølgen blaa,
Han ved Vei at finde,
Hvorpaa din Fod kan gaa.“

Det var en Salme som nylig var kommen til Bygden, og som han vidste Moderen holdt meget af; men han havde aldrig lagt synderligt Mærke til den før.

„Paa Herren maa du lide
Om det dig vel skal gaa
Da hjælper han at stride
Da vil dit Værk bestaa
Ved Gud og sælvvalgt Plage
Du Intet retter ud;
Thi, Intet kan du tage
Alt kan du faa af Gud.“

Dunsterne av Dand og Drik svandt af hans Hoved, og da Moderen med sin klare lille Stemme gjentog: „Thi intet kan du tage/ Alt kan du faa af Gud“ — da greb de ham saa forunderligt — de Ord: Alt kan du faa af Gud, at han brast i en heftig Graad, som han havde Møie med at dæmpe, til han kom udenfor.

Saa vandred han den hele Nat omrking paa sin Faders Gaard i Graad og Angest, „stridende med Herren“. Først da Solen randt fik han Naade til at bede og takke.

Men det var første gang Gang, han havde været ude af Huset en hel Nat; og da han nu trædede ind i Stuen, reiste Moderen sig fra Bænken og gik ham imøde med Strænghed. Men da hun opløftede sine Øine og saa hans forandred Miner og Skikkelse, da sagde hun stille: „Min Søn! visseligen har Herren besøgt dig i denne Nat.“ Og med glad og frimodig Røst istemte hun:

„O fryd og glæd dig nu min
Sjæl:
Din Frelser og Immanuel
Har fuldbragt din Begjæring.
Nu har du været Herrens
Gjæst,

O Gud! min Lov og Pris
modtag!
Det var mig en lyksalig Dag,
Nu er jeg vel tilmode.
Jeg takker dig af Hjertens
Grund

O hvilken skjøn og salig Fest, For denne naaderige Stund,
O hvilken stor Foræring! Der kom mig saa tilgode.“

Fra den Dag af gik Hans Nilsen ikke mere til Dans, men gjennem flere Aar af Anfægtelse og Sjælekamp vandt han omsider Aandens Frimodighed, saa han begyndte at tale med sine nærmeste og hvem han ellers traf om det ene fornødne. I Forsamlingen fik han ogsaa tale, og det var alles Mening, at det var længe siden, der var hørt saa liflig en Tunge.

Men ihukommende Fru Hauges Anordning, vilde de Ældste ikke tillade ham at drage ud, for at samles med Vennerne rundt om i Landet, førend han baade var ganske gundfæstet i den rene Lære, og i sit Levnet havde vist Omvendelsens værdige Frugter.

Først da han var over fem og tyve Aar blev han udsendt; og da han i femsex Aar næsten uafbrudt havde vandret fra Sted til Sted — dels efter Opfordring, dels saaledes som Aanden drev ham, var han bleven en vel kjendt og høit skattet Lægprædikant langs hele Vestkysten og nordover — længere end til Trondhjem.

Vel var det forbi med hine Tider, da Præsten tog Lensmanden eller en fordrukken Løitnant med sig, adsplittede de gudelige Forsamlinger, skjældte Prædikanten eller spyttede ham i Ansigtet og lod ham transportere ud af Sognet til næste Lensmand.

Men om end Lægprædikanterne var mindre udsatte for ydre Vold end i de gamle Forfølgelsens Dage, var der dog Farer af anden Art, som paa mange Maader gjorde deres Stilling vanskelig.

Thi Præsterne havde ingenlunde skiftet Sind. Men da de ikke længer turde fængsle og offentligen udskjælde „disse Sværmere, disse Skjælme, disse Bedragere, skinhellige Skurke og Folkeforførere“, saa valgte de i Stilhed at belure og bagvaske dem.

Og dette blev for Lægfolket og især for dets Førere og Prædikanter en ny Tugtelse til Taalmodighed. Thi eftersom de Vaktes Antal steg, kunde det jo ikke være anderledes, end at en og anden faldt hen i aabenbare Synder eller grebes i Hykleri og falsk Gudfrygtighed.

Og da var Præsterne paafærde; — ivrige og nidkjære — fra Prækestolen og i Husene fortalte de og fortalte og fortalte omigjen alle de skrækkelige Historier om disse Haugianere, disse Øienskalke, der foragtede Guds Hus og søgte hen til deres egne skumle Forsamlingen hvor alskens Vederstyggelighed bedreves.

Og fra Embedsstanden udbredte der sig over hele den saakaldte dannede Klasse en Mistro, en Aversion, der kunde stige til Had mod disse fredsommelige og gjennemgaaende høist respektable Mennesker.

Herfra hentede ogsaa Literaturen sine skumle Skikkelser af

nederdrægtige Lægprædikanter og sine apostoliske Gestalter af Provster og Præster — Lysets og Fredens Mænd. Den literære Del af Samfundet vidste ialmindelighed lidet om Lægprædikanterne; men man troede paa Skildringen; thi Præsten — Fredens Mand kjendte man saa godt.

De fleste kjendte ham fra disse Feriebesøg i en Præstegaard, der altid staa for Erindringen som Glanspunkter i Ungdommen — enten i Maanelys en Sommernat i Skoven eller med tindrende hvid Sne og Klang af fjerne Kanebjælder, der komme nærmere.

I denne Ramme stod Præsten — lys, venlig og dog saa velgjørende alvorlig; hvilke muntre Bordtaler kunde han ikke holde, hvorledes kunde han ikke gaa ind paa en uskyldig Spas, og hvor var der ikke godt at være i det rummelige, overflødige Hus, fuldt af Ungdommens Lystighed og betrygget ved „Fars" milde Alvor.

Han var Midtpunktet for alt, — ikke blot for Fruens og Døtrenes Omsorg; men i al Ungdommens Glæde og Leg maatte „Far" være med, naar det skulde være rigtigt; hans store Merskumspibe blev stoppet for ham, de unge Mennesker kom styrtende med Fidibusser, naar den gik ud; og alle samledes i en deltagende Kreds om ham, medens Fruen indviklede ham med øvet Haand i alle hans Uldtrøier, Skindtrøier, Tulupper, Skjærf og Peltse, naar han skulde kjøre til Annexkirken anden Juledag.

Eller kunde nogen glemme de stille Lørdagseftermiddage, naar man helst maatte holde sig ude af Huset, for ikke at forstyrre Præsten, der studerede sin Prædiken i Kontoret, saa at Tobaksrøgen hvirvlede ud af Nøglehullet som en blaa Slange; eller Søndag Morgen, før man gik til Kirken, naar man ventede, mens „Far" spiste sin Æggedram, for at klare Stemmen.

Og dog kunde denne Feriepræst være en ganske anden Karl, naar han sad alene blandt sine Bønder i Fattig- eller Skolekommissionen; og fra Kontoret hørtes stundom en Stemme, som man neppe skulde tiltroet Lysets og Fredens Mand.

Ja det kunde vel ogsaa hænde, naar Ungdommen samledes ude i Gangen, for at finde Overtøiet til en eller anden munter Udflugt, at en vadmelsklædt Bondemand kom tumlende Kant om Kant ud af Kontoret, medens man i Døren saa et hastigt forsvindende Glimt af et rødt Ansigt og en heftigt bevæget Slobrok.

Da sagde Fruen eller en af Døtrene: „Uf! — stakkels Far! der var igjen en af disse stygge Haugianerne, som volder Far saamegen Fortræd i Sognet."

Og denne Stemning mod de Vakte døde ikke ud, selv efter at Pietismen kom til Hæder og Værdighed ved Universitetet. De nye Lærere og Præster, som ikke blot skyldte Hauge og hans Bevægelse den større Inderlighed i Læren og Tilegnelsen, men som tilogmed havde antaget det sagtmodige Ydre, den blødsødne Tone og de langt henhvislende „s"-Lyde fra Haugianismens Forfaldstid, de syntes hurtigt at glemme, at hele det Kristenliv, paa hvis skrøbelige Levninger de levede, var noget, Folket selv havde tilkjæmpet sig fra neden af. Og lig sine myndige Fædre begyndte de ubekymret at fable videre om, at de vare Folkets Hyrder og Fædre, at hver den, som krummede et Haar paa deres Hoveder, der vilde borttage en Tøddel af deres Magt og Anseelse, han nedbrød! — han nedbrød Folkets Agtelse for det hellige, han rørte med formastelig Haand ved det ældgamle skjønne, patriarkalske Forhold mellem Menigheden og den elskede Sjælehyrde!

Men i de første Aar, da Hans Fennefos reiste omkring, traf han helst Præster af den gamle Skole, der lurede paa hvert hans Ord og hvert hans Fjed, og voldte ham og hans Venne saamegen Skade og Fortræd som de kunde.

Da gjaldt det at vogte nøie baade paa sig selv og paa Vennerne, og her havde den unge Prædikant mangen Strid at bestaa. Thi ligesom han var af usædvanlige Legemskræfter, var han ogsaa hensynsløst modig. Gamle Folk sagde, at han mindede meget om Hauge i den første Tid, førend de havde ødelagt ham med Forfølgelse.

I de Breve, som de Ældste hjemme paa Fennefos sendte foran ham til Vennerne rundtomkring, stod der derfor altid, at den unge Hans Nilsen maatte stadig formanes til Lydighed mod dem, der ere satte til at styre og raade, paa det at ingen Strid eller Forargelse maatte opstaa.

Og efterhvært lærte han at dæmpe sit Sind, saa han endog mange Steder i Stilhed kunde afværge Splid mellem Præst og Menighed. Det havde været Hauges Vilje saaledes, og for den bøiede han sig som alle de andre Venner.

Derved kom Fennefos som saa mange Lægprædikanter til at forberede Sindene saaledes, at hvorsomhelst en Præst bare vilde, der kunde han næsten altid — høist uforskyldt finde en liden Kjerne af levende Kristne i Menigheden, der stod rede til at slutte sig om den, der kun ikke som de gamle Præster bød dem Stene for Brød.

Men undertiden holdt det haardt for Hans Nilsen at styre sit Sind. Af de Gamles Fortællinger hjemme paa Fennefos vidste han god Besked om alle Begivenheder i Hauges Liv. Han kjendte Navnene paa alle de Lensmænd og Sorenskrivere, men især paa alle de Præster, der havde forhaanet, forfulgt og halvveis plaget Livet af den kjære Lærer.

Og hvor han nu kom Landet rundt, der traf han disse samme Navne. Baade Domstolen og Prækestolen var gaaet iarv til Sønner ikke blot i Aanden, men og i Kjødet af hine gamle, forhadte Forfølgere.

Det glødede mangen Gang i det unge Blod, og naar Ordet faldt frit og skarpt i Forsamlingen, saa han den samme Glød hos andre. Men da tugtede de hinanden gjensidigen: der er ingen øvrighed uden af Gud.

Naar han fór over Vestlandet, stansede Fennefos altid en Stund hos Madame Torvestad. Byen var et Knudepunkt i den vidt forgrenede Vækkelse, og efterhaanden blev han mere hjemme her end paa Fennefos.

Herhen sendtes derfor ogsaa Breve og Budskab til ham fra Venner omkring i Landet, naar der var noget galt paafærde blandt dem, eller naar de fik altfor stor Længsel efter at høre ham tale.

Saa rejste han eller skrev Breve; eller de Ældste sendte en anden, om der var nogen, som passede til det.

Det var imidlertid hverken Brødrene eller Madame Torvestad, der trak ham saa stærkt og holdt ham saa længe i Byen. Thi han trivedes igrunden bedst blandt Bønderne.

Og mod Madame Torvestad havde han meget at indvende. Hun var for slap i mange Ting; opfyldt af tysk pietistisk Sværmeri, som han ikke kunde fordrage, og fremfor alt var hun ham altfor myndig og herskesyg i Menigheden og i sit Hus.

Hvad der bandt ham, var vel mest Sara.

Ikke at han elskede hende med noget Slags Attraa, der var ham bevidst. Men hun var saa gjennemtrængt af Vækkelsen, saa vel bevandret i Skriften og de gode Bøger, at han ikke vidste noget Menneske, med hvem det var ham livsaligere at tale om aandelige Ting.

Ogsaa blandt Vennerne stod Sara i høi Anseelse, og det var for de Gamle en Hjertens Glæde at høre denne unge Kvinde tale Guds Ord i Forsamlingen. Vistnok var dette meget sjeldent, og hellerikke havde hun mange „egne“ Ord. Men hun kunde saa mange Salmer, Skriftsteder og Stykker af de gode Bøger udenad og fremfor alt: hun var saa kjendt og vel bevandret i selve Bibelen, at der selv blandt Mandfolkene neppe fandtes nogen, der kunde maale sig med hende.

Paa Bordet i Madame Torvestads Stue var der en fastskruet Pult; der laa altid Bibelen opslaaet.

Det var Saras Plads, og ved Siden af hende satte Madamen idag en god Stol for Skipper Worse.

Der var kommet nogle alvorlige Koner, der satte sig rundt Væggene, lagde Hænderne i Skjødet og sukkede. Et Par unge Piger trykkede sig sammen med Henriette paa en altfor kort Bænk ved Ovnen, og en halvvoxen Gut, hvem Forældrene slæbte med fra Forsamling til Forsamling, satte sig — gulbleg med Finner og Fregner og en fuldkommen følelsesløs Mine — paa den yderste Snip af en Stol nederst ved Døren.

Lidt efter kom Mandfolkene i Følge. Der var Brødrene Endre og Nicolai Egeland, som havde den største Bondehandel i Byen, Sivert Jespersen, som i faa Aar havde samlet sig en Formue ved Silden og endnu en fire fem af de mere fremragende Haugianere — Haandværkere eller Handelsmænd.

Madame Torvestad tog dem alle i Haanden og søgte at skaffe dem Plads, hvilket tilslut blev vanskeligt nok, skjønt Stuen var rummelig og fuld af Stole.

Hans Fennefos gik hen og hilste paa Sara, og spurgte idetsamme, hvem Lænestolen var sat frem til?

„Skipper Worse vil komme her iaften," svarede Sara uden at se op.

Hans Nilsen blev forbauset og ilde tilmode, uden at kunne gjøre sig rigtig Rede for Grunden. Madame Torvestad hilste venlig paa ham; men hun satte sig ikke endnu paa sin Plads; hun gik omkring — lidt febrilsk, indtil Jacob Worse endelig kom.

Da han aabnede Døren, fik han en uvilkaarlig Lyst til at løbe sin Vei. Han kom fra sine luftige Værelser, hvor der endnu var lidt Lys fra Aftenhimmelen. Men her var mørkt og kvalmt; to Talglys stod i Messingstager og skinnede over Bordet og Bibelpulten; men ude i Stuen kunde man ikke se andet en Rad af Ansigter langs Væggene.

Der blev imidlertid ikke Tale om at slippe. Madame Torvestad tog ham saa venligt ved Haanden og førte ham ind.

Desuden var han jo kjendt af alle, og Mandfolkene kom frem, for at næves med ham og ønske ham velkommen hjem.

Der blev almindelig Glæde ved at se ham her i Forsamlingen; thi Jacob Worse var en betydelig Mand i Byen, og hidtil havde han snarere hørt til Haugianernes Fiender og Spottere. De nikkede og smilede til Madame Torvestad, og hun nød sin Triumf.

Især var Sivert Jespersen fornøiet. Han og Worse vare gamle Kjendinger fra Fisket nordpaa; og Sivert Gesvint — som han kaldtes — var udenfor Forsamlingen en livlig og foretagsom Mand. Paa samme Tid som hans Mund var fuld af Guds Ord og Salmevers, kunde han tage ordentlig fat i et Knibetag eller seile som en Vaaghals, naar det gjaldt om at komme først frem til Fiskepladsen.

Skipper Worse knurrede lidt og strøg sit Odderskind, da Sivert Gesvint trykkede hans Haand og ønskede ham saa inderligt kjærligt velkommen. Der var nemlig en gammel Historie mellem dem om et Parti Salt, som Worse formente, Sivert havde snydt ham paa; og det havde han sagt ham — bent frem — mange Gange, naar de mødtes paa Fisket; men Sivert

Gesvint pleiede bare at smile venligt og klappe ham paa Skulderen.

Madame Torvestad førte nu Worse hen til Lænestolen; han følte sig yderst ilde tilmode og forbandede i sit stille Sind baade Lauritz og Madamen. Men Lauritz sad høist lyksalig paa en Skammel bag to tykke Madamer, mellem hvilke han kunde skimte Henriette.

Sara hilste blufærdigt paa Skipper Worse; han strøg hende over Haaret; han havde jo seet hende voxe op fra liden Pige.

Da nu alle vare komne tilsæde, og der var blevet ganske stille, sagde Madame Torvestad: „Nu — lille Erik Pontoppidan! kan du saa fortælle mig, hvad der blev talt om i Forsamlingen!“

„Om Helliggjørelsen“ — kom det fra den blegfinnede Gut ved Døren, — ligesaa prompte og tonløst, somom der var bleven trykket paa en Knap.

„Hvilken Salme var det, I sang — Henriette! — det husker du vel?“ — spurgte Moderen.

Henriette havde været i Forsamlingen; men optaget af den sørgelige Efterretning, at Lauritz ikke fik bo hos dem, havde hun ikke haft stort Udbytte af Andagten. Og da hun saa kom hjem og fik høre, at han alligevel havde faaet Lov, var hun bleven saa hoppende glad, at Moderens Spørgsmaal faldt over hende som et Spand Vand.

Hun blev ildende rød og vidste hverken ud eller ind.

Madame Torvestad saa et Øieblik strængt paa hende; derpaa vendte hun sig mod Erik Pontoppidan og saasnart hendes Blik havde berørt Knappen, svarede han uden at blinke:

„Nu bør ei Synden mere —“

Der var flere i Forsamlingen, som nikkede og smilede opmuntrende til Gutten. Hans Moder — en tyk, gul Madam og Faderen — Endre Egeland vare stolte af ham. Men Erik Pontoppidan lod ikke til at mærke noget af alt det.

Paa Henriette saa ingen — uden Lauritz; hun sad skamfuld og krøb bagved sine Veninder.

Madame Torvestad istemte nu, og de andre fulgte — uden Salmebøger:

Nu bør ei Synden mere
Med Magt og Herredom
Udi mit Kjød regjere,
Men daglig kastes om.

Alle sex Vers bleve sungn. Det lød for Jacob Worse forunderligt mørkt og fælsligt — alle disse Stemmer i den lave Stue, Kvindernes kvasse Røster og Mændenee dybe Knurren. Langsomt — uendeligt langsomt gik det; og i Pausen efter hver Strofe havde Sivert Jespersen nogle besynderlige Skkælvninger og Tremulanter, som hørte til hans Manér.

Det var en at de Ældste, som havde talt i Forsamlingen, og han var ikke tilstede iaften hos Madame Torvestad; hun spurgte derfor, om nogen vilde give hende et lidet Ord af hans Tale. Derved saa hun og flere andre hen paa Fennefos; men han sad stille med Munden sammenknebet; det saa ud, somom han ikke vilde tale iaften.

„Ja, jeg for min ringe Del," begyndte da Sivert Jespersen, „jeg synes, den Gamle talte rigtigt saa godt og inderligen enfoldigt Det var om den Helligaands Gjerning, — som lille Erik Pontoppidan var saa flink, til at sige —; og den Gamle valgte til Udgangspunkt Luthers Ord til Artikelen: Jeg tror, at jeg ikke af min egen Styrke og Fornuft kan tro paa Christum eller komme til Christum, — og han viste saa klarligen — saaledes synes da jeg ialfald — baade af Skriften og den daglige Erfaring, hvor elendigen vi komme tilkort baade i det aandelige og i det timelige, naar vi holde Kjød for vor Arm og forlade os paa vor egen skrøbelige Fornuft."

Nicolai Egeland, som ikke var videre begavet i aandelig Henseende, sagde nu: „Jeg tror Herre! hjælp min Vantro."

Han kunde i Virkeligheden ikke mer end fire eller fem Skriftsteder udenad, dem han anvendte som det kunde falde sig; og mangengang faldt det sig slet ikke. Men Brødrene kjendte hans Trofasthed og bar over med ham; han havde nu engang ikke faaet større Pund anbetroet.

En af Kvinderne sukkede: „Ja det var et sandt Ord — Sivert Jespersen! ikke skulde vi langt komme med vor egen Fornuft i de aandelige Ting."

Madame Torvestad tog nu Ordet; hun sad gjerne og bladede i en hel Del smaa Bøger, som laa paa Bordet ved hendes Plads ligeoverfor Sara. Det var dels Traktater, dels Bønnesamlinger og aandelige Sange. Og naar hun traf noget, som passede, flettede hun det ind i sine egne Ord, saa det blev halvt Tale, halvt Oplæsning.

„En Kristen bør altid ihukomme," begyndte hun, „at der er mange høie og hemmelighedsfulde Underværker i Naadens Husholdning, som aldrig i Tiden af den stakkels Menneskeforstand skulle kunne fattes og begribes. Derfor behøve vi aldrig at besvære os med at forsøge at begribe det; men blot stole paa Guds Almagt og Sanddruhed, som har kundgjort os det. Ja — saasnart Fornuften vil begynde at overveie, hvorledes det er muligt, hvad Christus siger, skulle vi strax vide, at det er Fristelsens Time, — at Djævelen er nær, den gamle, fornuftige Slange, som forførte Eva ved sin Træskhed; og da skulle vi øieblikkelig paakalde Guds Navn til Beskyttelse mod Døden, ja mod selve Helvede. Maatte vi dertil alle forundes Naade."

„Amen" — sagde Nicolai Egeland.

„Men Kjære!" — spurgte Sivert Jespersen henover til de Unge,

„hvorledes skulle vi forundes denne Naade?"

„Det er den Helligaands Gjerning," kom det nede fra Døren.

„Det var rigtigt svaret — lille Erik! og hvad kalder du denne den Helligaands Gjerning?"

„Helliggjørelsen."

„Og af hvilke Stykker bestaar Helliggjørelsen? — kan du ogsaa svare paa det?"

„Igjenfødelsen, Retfærdiggjørelsen og Fornyelsen."

Atter saa alle med Velbehag paa den flinke Gut. Selv sad han uden Forandring i sit Ansigt, Munden halvaaben — parat, saasnart nogen trykkede paa Knappen.

Men nu blev Nicolai Egeland ærgjerrig, og han begyndte paa det længste Skriftsted, han kunde: „Synden kom ind i Verden formedelst et Menneske," men Madame Torvestad afbrød ham lempeligt:

„Det er en underlig Ting med det gjenfødte Menneske; han er ikke Slave af en eneste Synd eller verdslig Lyst, — ja ikke engang af uskyldige Ting. Naar jeg siger, han er ikke Slave, saa er det ikke Meningen at nægte, at han jo i en svag Time kan overfaldes og overvindes af Synden; men det vil sige, at han forbliver ikke i den. Overrumples han af Djævelen eller Kjødet, saa han falder i nogen Synd, staar han atter op igjen, klager sin Nød for Gud og søger Forladelse. Og saalænge han saaledes atter opreises i Troen og faar Fred med Gud, bliver han altid atter Synden overlegen, saa at han dog vedbliver at vandre efter Aanden."

Sara saa hen til Fennefos; thi hun vidste, at han ikke kunde lige den Bog, Moderen læste dette af. Men han rørte sig ikke. I den svage Belysning skimtede hun bare den kraftige, rene Profil — halvveis vendt opad, somom han sad og saa op mod Loftet.

Da han slet ikke syntes at ville tale iaften, fortsattes Samtalen bare et Kvarters Tid uden synderligt Liv. Sara sad hele Tiden ved Bibelen; og eftersom Samtalen bevægede sig, slog hun op et Skriftsted hist og her — dels for sig selv, dels naar en af de andre bad hende hjælpe paa Hukommelsen. Hun fandt strax alt, hvad hun søgte, de fleste Steder af Betydning fremsagde hun udenad.

Skipper Worse havde ikke megen Forstand paa Helliggjørelsen, og han blev umaadelig træt. Det eneste, som endnu holdt ham vaagen, var Saras smaa Fingre, der bevægede sig saa flittigt mellem Bladene i den hellige Bog.

Men tilslut var han alligevel paa gode Veie til at sove ind, da Madame Torvestad foreslog, at de skulde synge en Salme til Beslutning.

Sara tog nu en Salmebog og holdt den hen for Kapteinen, og Sangen begyndte.

Worse sad i Halvsøvne og saa paa hendes Fingre. Da vendte hun pludselig de mørke stærke Øine mod ham og sagde: „Syng med!"

Skipper Worse blev med en Gang ganske lysvaagen og begyndte at brumme med, eftersom hun flyttede Fingeren. Han havde aldrig været stiv i Salmesang, og naar der kom Ord som Gud og Jesus, skammede han sig for at tage dem i sin syndige Mund.

Men vaagen var han bleven og mer end det: han begyndte næsten at befinde sig vel. Af og til saa han fra Fingrene opover hendes Arm og de fyldige Skuldre, den matte hvide Hud bag Ørene og under Hagen, hvor det bevægede sig blødt i Struben, naar hun sang.

De sad saa fortroligt og nær hinanden, idet hun bøiede sig mod ham med Salmebogen, saa at Skipper Worse fik en Fornemmelse af noget lunt, kvindeligt, — den første hjemlige Følelse, han havde kjendt idag.

Der var en anden, som ogsaa befandt sig saare vel, skjønt heller ikke han fulgte saa nøie med i selve Opbyggelsen, og det var Lauritz Seehus i sin Krog.

Han var saa lykkelig efter den udstandne Lidelse, at han slet ikke kjedede sig, som han ellers pleiede i Forsamlingerne; han kunde jo se Henriette. Og da de hellige Ord og Sangen ogsaa gjorde sit Indtryk paa ham, der havde været saa længe fra det, blev han saa bevæget, at han takkede Vorherre, fordi han havde sendt ham hin korte, men haarde Prøvelse, forat han desto bedre skulde skjønne paa, hvor godt han nu havde det.

Da Salmen var sungen, bar Husets Døtre ind The og Smørogbrød. Efter en Bordbøn af Endre Egeland, spiste alle godt og drak megen The, hvorpaa de skiltes lidt over Klokken ni.

Da Worse igjen stod nede i sine Stuer og saa Madame Torvastads Gjæster gaa over Torvet fra Worsesmuget, vidste han ikke enten han skulde le eller bande, naar han tænkte paa, at det var med disse Folk, han havde tilbragt sin første Aften.

Der gik Endre Egeland, om hvem det blev sagt, at han lokkede Bondepigerne ned paa Søhuset, og den Sivert Gesvint, som havde snydt ham saa blodigt paa det Saltet!

Det skulde bare Randulf vide!

Alligevel maatte han flere Gange tænke paa, hvor hyggeligt det havde været at synge med Jomfru Sara, og han fandt, der var ensomt og tørt i hans store luftige Stuer.

IV

De følgende Aftener var Skipper Worse igjen i Klubben og befandt sig vel. Det var bare den første Dag, det faldt saa forkjert med disse unge Amerikafarere.

Senere flokkedes jo de gamle Venner om ham, og han fortalte mangen god Historie fra Rio de Janeiro, sang ogsaa et Par engelske Viser med Omkvæd paa Spansk, som han havde lært af en deilig Pige, der hang i en Matte mellem to Palmetræer.

Det var noget, som slog an; thi i Klubben blev der sjunget næsten hver Aften; og da de havde lært det spanske Omkvæd, faldt Koret ind med en Kraft, saa at Skeerne klirrede i de store rygende Toddyglas.

Ah chio — chio — la-la-la,
Ah — chio — chio voi!

Der var baade Havnefoged Snell og Kontrollør Aarestrup, Toldskriver Preuss og Brandinspektøren og forresten en hel Del Skippere og Rhedere.

Det var naturligvis over hele Byen, at Skipper Worse havde været hos Haugianerne, og han maatte døie mange Vittigheder i den Anledning.

Han valgte at le med; det kunde ikke nytte at skabe sig sint, og tilslut var han endogsaa saa ugudelig at holde Bordbøn efter Endre Egeland. Desuden var det ham ikke ubehageligt, at alle i Klubben snart blev enige om, at Jacob Worse var en udspeculeret gammel Kavaler, som holdt sig til de Hellige for de smukke Pigers Skyld.

Madame Torvestad havde ikke foruroliget ham senere. Naar de mødtes, bad hun ham altid se indom, saa ofte han havde Lyst; men naar han saa ikke kom, var hun lige blid.

Da han fik sine Sager iland fra Skibet, lod han Lauritz gaa over til Jomfru Sara med et Skrin besat med Konkylier, hvilket var den største Mærkværdighed han havde bragt hjem fra Rio.

For denne store Gave takkede Madame Torvestad Kapteinen paa Datterens Vegne, idet hun dog mildt bebreidende tilføiede, at saadanne prægtige Gjenstande lettelig hos den Unge kunde opvække verdslige Tanker og Forfængelighed. —

Udover Sommeren forvandt Worse Savnet af Randulf. Det gjorde godt at være hjemme i Ro en Stund, Forretningen gik godt, og den hele By dyrkede ham en Smule som den, der havde ført det første Skib til Rio.

Fra sin Søn i Lübeck havde han ikke ofte Brev. Men af Regnskaberne saa han, at den unge Herre levede og sandsynligvis levede godt. Der havde aldrig været stor Fortrolighed mellem dem, dels fordi Faderen var saa meget borte fra Hjemmet, dels fordi Sønnen var saa forkjælet og forklusset af Moderen.

Hun var en forskruet, sentimental Dame, fuld af romantiske Griller, som ikke tænkte paa andet end Riddere og Borgfrøkener og Væbnere og Maaneskin og Falddøre og lange Lokker og Vindeltrapper.

Hun havde i sin Tid bedaaret Styrmand Worse paa en Rotur i Maaneskin. Et saa fint Fruentimmer, med saa store, vaade Øine og saa langt gult Haar havde han aldrig seet før — hverken i Østerdalen eller i Middelhavet.

Og hun var bleven hans i Liv og Død paa den selvsamme Rotur, da Worse, efterat Selskabet havde drukket Kaffe paa en liden Ø, tog hende paa sine Arme og vassede med hende ud til Baaden, istedetfor at vente, til den blev lagt ordentlig til Land.

Det mindede hende lidt om Romarino, der omslyngede Mirandas smekre Midje med sin senestærke Arm, svang sig let i Sadlen med sin skjønne Byrde og jog ud af Borgporten paa sin fnysende Ganger.

Men det blev en høist ulykkelig Ridetur for dem begge.

Han var ligesaa umulig til Ridder som hun til Skippermadam. Da Byens Leiebibliothek ikke havde mere at byde, henfaldt hun i sygelige Drømme, af hvilke hun vaagnede, for at klynke og beklage sig; og da fik Jacob Worse Smag paa de lange Farvande.

Engang han var ventendes hjem fra Lissabon, fødte hans Kone en Søn, som hun skyndte sig at døbe: Romarino.

Dette gik Worse nær tilhjerte. Han kunde næsten ikke glæde sig fuldtud over den lille blege Tingest i Vuggen for dette Navns Skyld, der ligesom fjernede Gutten saa meget som muligt fra ham og trak ham ind i Moderens Verden.

I Virkeligheden var det ogsaa noget af det mest bagvendte, man kunde tænke sig — at høre Skipper Worse sige: Romarino.

Da den svagelige klynkende Dame døde, var Romarino 15 Aar; og han blev da sendt til en Familie i Kjøbenhavn, som paa Konsul Garmans Anbefaling tog sig af ham; hjemme i det store tomme Hus kunde han jo ikke være, og Faderen var bestandigt paa Reise.

Nu var han henad 20 Aar, og før Jacob Worse gik paa den lange Tur til Rio, havde Sønnen været paa Besøg hjemme.

Han var fremdeles en bleg Tingest med blondt Haar, olivengrøn Kjole, gul Vest, trange lysegraa Benklæder, der med stor Kraft holdtes stramt nede ved hvide Alunskinds Stropper under Støvlerne. Den urimeligt høie Flossehat sad paa tre Haar — eller snarere paa to; det var et Vidunder, at den ikke faldt af — oftere.

Saaledes imponerede han i nogle Dage den lille Fiskeby; han gik og vippede med en tynd Spanskrørstok og saa yderst haansk paa alt og alle; kunde hellerikke tale rigtig norsk.

Faderen var delt mellem Beundring og en Følelse af Generthed. Men Beundringen lik et haardt Stød, da Thomas Randulf svor paa. at Romarino „havde Pomade paa sit Lommetørklæde“.

Imidlertid holdt dog Worse altid af sin Søn, om han end kunde have ønsket lidt mere af sit eget Sjømandsblod i ham. Han tænkte saa ofte, om han kunde efterladt „Familiens Haab“ til sin Søn, — saadan en som Lauritz Seehus burde det have været.

Romarino Worse var derimod i Virkeligheden, hvad han saa ud til — en Laban, som brugte sin Faders Penge; men i sit Hjerte foragtede han dybt den simple Skipper, — saaledes som han tidligt havde lært det af sin Moder. —

— Eftersom nu Skipper Worse begyndte at finde sig tilrette i Byen, spekulerede han ofte over, hvad der vel kunde være iveien ude paa Sandsgaard. Thi der var slet ikke som før; —— Pokker maatte vide, hvad det var. At Fru Garman var død, gjorde jo naturligvis meget; men det kunde ikke være Grunden til, at der vedblev at hvile noget tungt, trykkende over alt derude.

Og tilslut blev han mistsenksom. Det var ikke bare Havnefoged Snell, som hin første Aften havde hentydet til C. F. Garmans Pengeknibe. Han hørte det samme fra flere Kanter. Først lo han; men lidt efter lidt blev han dog betænkelig Mange Gange, naar han lod sig ro ud til Sandsgaard, sad han og besluttede, at idag vilde han spørge Konsulen bent frem. Herregud! — Hvis C. F.Garman virkelig behøvede Penge, saa havde jo Jacob Worse en god Klat ved Haanden og mere kunde han skaffe.

Men han fik aldrig Mod til at spørge.

Det var fast Skik, at saasnart de saa Worses Baad komme indover Sandsgaardbugten, blev der givet Ordre til Zacharias Søhusdreng, at han skulde fange en stor Torsk i Fiskebrønden; det var Skipper Worses Yndlingsret.

Baade Jomfru Mette og Jomfru Birgitte vare igrunden sjæleglade, naar han kom; endskjønt de var frygteligt sinte paa ham, naar han ertede dem, hvilket han altid gjorde.

Jacob Worses første Vandring, naar han havde hilst paa Jomfruerne, var til Kontoret, som laa lige ved Dagligstuen; Døren pleiede at staa aaben. Her tog han Almanakken, og naar han saa fandt, at Dagen hed Sankt Crispinus eller Sankt Hieronymus eller noget sligt, pleiede han at gnide sig i Hænderne:

„Aa Bitterdød; er det den Sankten; jeg kjender ham fra Italien; det er en af de fineste, de har. Ja — saa maa vi vist have os en Toddy iaften."

Konsul Garman smilede, og den gamle Bogholder — Adam Kruse vrinskede bag sin Pult; han blev gjerne buden med til et Glas, naar Kapteinen var der. Derpaa tog Worse, som var husvant, Nøglerne til Kontorskabet og halede frem nogle gamle firkantede hollandske Flasker.

Om Aftenen spillede han Styrvolt med Damerne; Konsulen sad og saa paa dem og lo hjertelig, naar Kapteinen spillede falskt og narrede de gode Jomfruer, saa deres Kappestrimler dirrede af Sinne.

Eller Konsulen og Worse talte Politik og disputerede efter Hamburger Nachrichten; medens den gamle Bogholder sad taus ved sit Glas med den lange Kridtpibe paa sin beskedne Plads i Krogen bag det store Slaguhr.

I den gamle Dagligstue, som vendte mod Havnen, var der om Aftenen to Talglys paa Bordet ved Sofaen, hvor Konsulen sad, og naar der var nogen, to andre paa Toddybordet henne ved Ovnen.

Grønmalet Lærred var Væggene betrukne med ovenfor det hvide Panel, der gik saa høit som til Overkanten af de stivryggede Stole. De graa Rullegardiner, som nylig vare komne fra Kjøbenhavn, forestillede Kristiansborg Slot, Kronborg og Frederiksborg Slot, hvor en lang Vandringsmand under et Træ i Forgrunden stirrer over Vandet mod Slottet, medens tre Damer med Langshawl og Hatte som opslaaede Calescher spadsere henover tilhøire. I Ovnskrogen stod Garnvinderne, som Jomfruerne brugte, naar de ikke løb bagefter hinanden og stellede med Husholdningen.

Efter Fru Garmans Død var det nemlig ikke lykkedes Konsulen at fordele Arbeidet mellem de to Søstre. Naar Jomfru Birgitte en Stund havde ført Opsyn med Dækketøi, Sølvtøi, Vask og sligt, fik hun en uimodstaaelig Trang til at paase, at der ikke blev brugt for meget Smør i Kjøkkenet.

Og naar Jomfru Mette i en Uge havde styret Husholdningskassen og Madstellet, fik hun ikke sove, før hun havde talt over alle Servietterne og Sølvskeerne.

Dette bragte ikke liden Forvirring i Husvæsenet og hidførte alvorlige Sammenstød mellem Søstrene, hvoraf dog kun svage Efterdønninger naaede helt frem til Konsulen.

Der var bare en Ting, hvorom de kunde enes, og det var om Kanarifuglen. De havde havt mange efter hinanden i Aarenes Løb, og hvergang Katten tog en, blev der svoret, at saadan en Sorg vilde de aldrig mere udsætte sig for.

Men ifølge Skipper Worses Beregning varede Hofsorgen over en Kanarifugl akkurat tre Uger; efter den Tid kom der en ny. Det var altid

Hunner; Jomfruerne ligte ikke Hanner af nogen Art, og desuden taalte de ikke Sangen.

Den Kanarifugl, de nu havde, var den allersødeste, de nogensinde havde havt. Thi foruden alle dens andre Fuldkommenheder havde den ogsaa en, som fra først af satte dem i en vis Forvirring: den kunde værpe Æg.

Men da det kloge lille Dyr sandsynligvis var sig bevidst det ørkesløse i at lægge Æg i sin Ensomhed, lagde den dem hellerikke fornuftigt og varsomt i et Rede. Men den opsøgte sig et høit Sted, og derfra værpede den ned paa Bordet eller paa Gulvet, saa de nydelige smaa Æg knustes aldeles.

Dette bedrøvede i høi Grad Jomfru Birgitte og Jomfru Mette. Thi da de havde vænnet sig til Fænomenet, som i Begyndelsen syntes dem paa Randen af det uanstændige, fik de en brændende Lyst paa et af disse søde smaa Æg — helst et til hver —, og de lagde mange Planer, for at bringe Dyret til at opføre sig fornuftigt.

I Buret lagde de Bomuld og fint Garn; rundt om i Stuen — helst paa de Steder, hvor de engang havde fundet et knust Æg, byggede de med al sin Kunstfærdighed smaa Reder af bløde Stykker Multum foret med Bomuld og Krølhaar; — ja tilslut løb de endog omkring i Stuen med et Rede i hver Haand, naar Fuglens Opførsel syntes dem mistænkelig.

Men den uforbederlige Skabning skuffede dem bestandigt. især havde den en Plads oppe paa Speilet, hvorfra den yndede at værpe ned paa Bordet, naar ingen passede paa.

Det voldte Jomfru Mette og Jomfru Birgitte Stor Sorg; og det var ikke frit for, at de i ophidsede Øieblikke gjensidig gave hinanden Skylden. —

— En Aften i Klubben spurgte Havnefogden ondskabsfuldt: „Er den gamle Adam reist til Bergen?“

„Ja — han reiste i forrige Uge“ — svarede Worse.

„Hvad mon han skulde der?“

„Forretninger naturligvis. C. P. Garman har meget i Bergen.“

„Laane Penge — kanske — pop-pop.“

„Hør nu Havnefoged! — nu skal det være nok med dette,“ fór Jacob Worse op.

Men den anden fortsatte uforstyrret: „Kan saamæn aldrig vide det — pop-pop —, svære Tider for store og smaa. Talte med Kaptein Andersen — Freia —, kom lige fra Bergen. Den gamle Adam vilde gjerne have et Par Tusinde Specier — — sagde de, hvor han bare kunde faa dem; men han fik dem ikke, — nix — nei! de Bergensere pop-pop! kom ikke der og dyp!“

Nu blev det alt for galt. Worse gik lige hjem. Var det alt i Folkemunde, at det stod daarligt med Huset C. F. Garman og var Krediten svækket, saa var det s'gu paa høie Tid for Jacob Worse at rykke ud.

Den næste Formiddag fremstillede han sig i Kontoret, lukkede Døren til Dagligstuen og den til det indre Kontor; han vilde bede om en Samtale under fire Øine med Konsulen.

Hans Væsen var idag høist besynderligt — en Blanding af Usikkerhed og Underfundighed, der bragte Konsulen til at lægge sig bagover i Armstolen og spørge: „Er der passeret noget?"

„Nei — paa ingen Maade — paa ingen Maade," svarede Worse, han stod og vaggede over fra det ene Ben til det andet, „det var bare noget, jeg vilde bede Kunselen om."

„Vi er altid rede til at imødekomme alle billige Ønsker fra vore gamle Venner, saa langt vor Evne strækker. Sæt Dem ned — Kaptein Worse!"

„Ja det var nu det, at jeg gjerne vilde ud paa Fiske i Vinter for egen Regning, og — og saa — saa —"

„Jeg tænker, Kaptein Worse ved fra tidligere Aar, naar han har været hjemme om Vinteren, at vi ikke lægge ham nogen Hindring iveien for at negociere paa egen Haand og for egen Regning under Sildefisket. Det samme bliver ogsaa iaar —"

„Ja — bevares! — Tak — det ved jeg jo — mange Tak! — men det var ikke det! hm! men der skal mange Penge til — Hr. Kunsel! —"

Der kom et stramt Træk i Konsulens Ansigt ved disse Ord.

Men Worse samlede sit Mod og lod sin store Bombe springe: „Vil C. F. Garman laane mig 2,000 Specier mod Vexelobligation?"

Morten Garman gjorde et Sæt i Stolen: „Hvad! vil Jacob Worse ogsaa laane Penge?"

„Ja — ser De — Hr. Kunsel! alle Mennesker samler Penge nu udover Høsten til Fisket, og jeg skulde nok have Lyst til engang at hamle op med Sivert Jespersen og de andre derinde."

„Ja se der har vi det!" — raabte Konsulen, „saaledes gaar det nutildags. Den ene vil være bedre end den anden, og saa heder det bare laane — laane og speculere; men naar saa Afregningsdagen kommer, — ja saa kniber det."

„Hvad det anbelanger — Hr. Kunsel! saa tænker jeg, C. F. Garman ved, at Jacob Worse er god for 2,000 Spd. og lidt til!"

„Kan gjerne være — kan gjerne være," svarede Konsulen tvært; „men nu staa vi snart i Forskud for den halve Verden, saa vi øine ingen Ende paa det; mere kan vi ikke overtage i disse knappe Tider."

Jacob Worse, som begyndte at blive fornøiet med sin lille Komedie, spillede videre.

„Det er galt nok," sagde han med et lidt fortørnet Ansigt, „at jeg skal maatte henvende mig til andre; for saa vil kanske nogen tro, jeg er raget uklar med mit gamle Rhederi; eller kanske de vil finde paa flere Løgne om C. F. Garman end der alt gaar blandt Folk —".

„Hvad mener han med det? — hvad siges der om Huset?" — spurgte Konsulen skarpt.

„Aa — der var for Exempel en i Klubben igaar, som sagde, at en vis Person var reist til Bergen, for at laane Penge for visse Folk."

Konsul Garman vendte sit Ansigt bort og saa ud i Haven, hvor Høsten begyndte at drysse med de første gule Blade; aldrig før havde han seet Faren saa nær indpaa Livet af sig; hans lette Sind, hans Overmod havde aldrig tænkt fuldt ud, at Huset C. F. Garman — det gamle Sandsgaard — altsammen hang i en Traad, — stod for Fald som et almindeligt Fallitbo.

„Ja ja —" mumlede han, „det var en Feil af mig at sende Kruse til Bergen. Men —" med en Gang blev han saa træt af at bære denne Byrde saa alene, han vendte sig lige mod Worse og sagde: „det staar nok ikke saa godt til med C. F. Garman som du tror — Jacob!"

Han kom til at sige du som i gamle Dage, da Jacob Worse var Matros og Morten Garman Skolegut.

Nu var den underfundige Skipper Worse der, han vilde. I en Fart knappede han sin Jakke op, rev en Bunke Sedler ud af Brystlommen og kastede den paa Bordet midt foran Konsulen.

„5,000 Specier — Hr. Kunsel! for det første og ti ja femten, om det behøves, naar jeg faar Tid til at skrabe dem sammen," — hans Ansigt straalede og han lo, saa det klukkede i ham.

Men hans Glæde fik en brat Ende, da Konsulen skjød Pakken fra sig og spurgte i sin koldeste Tone:

„Hvad skal dette sige? — hvad skal jeg med de Penge?"

„Bruge dem, laane dem, beholde dem saalænge De vil — Hr. Kunsel!"

„Ah — saaledes at forstaa! De har altsaa tilladt Dem et lidet Divertissement paa vor Bekostning; meget fint opfundet — Hr. Kaptein Worse; men saa vidt er det dog ikke kommet med C. F. Garman, at de laaner Penge af sine egne — sine egne Folk."

Et Øieblik sad den underfundige Skipper Worse maalløs; men saa blev det ham for galt; Sinnet kom op i ham og han slog i Bordet: „Nei hør nu Morten — Far! nu gaar det Pinedød over Skrævet med den Fornemheden din! Trænger Huset til Penge, saa er det rimeligst, at det laaner af mig, som har tjent hver Skilling i Deres og Deres Fars Brød!"

„Men forstaar du da ikke —" raabte Konsulen, som ogsaa blev ivrig,

„kan du for den Pokker ikke begribe, at det vil skade vor Kredit, om det blev bekjendt, at en af vore egne Skippere havde reddet os ud af en Forlegenhed?"

„Aa — reis mig baade her og der med din Kredit! — Kontant er bedre end Kredit skulde jeg tro! mine Penge er s'gu ligesaa gode som dine — Morten Garman! — og tager du dem ikke, saa er du ikke den Mand, jeg har holdt dig for."

Jacob Worse var nu ganske ude af sig selv af Iver, og de sagde du til hinanden uden at mærke det.

„Naa — naa Jacob! — lad os ikke blive Uvenner!" — sagde Konsulen og rettede paa sit Halsterklæde; det var første Gang, at nogen saaledes tog Magten fra ham. Han saa paa Pengene, og han saa ud i Haven, og der blev en meget lang Pause.

Skipper Worse havde reist sig og stod med Ryggen til Bordet betragtende et Landkart paa Væggen. Det gamle Slaguhr inde i Dagligstuen pikkede ganske langsomt.

Endelig reiste Konsul Garman sig og gik hen til den anden.

„Hør Jacob Worse! — jeg skal tage dine Penge, hvis du vil gaa i Kompani med mig."

„Hvad? — hvad siger han? — Kompani? — er han gal? — Hr. Kunsel!"

„Hør nu: De indskyder Deres Kapital, det vil sige: saa meget af den, som De selv ønsker, i vor Forretning og derfor bliver De Partner i Garman & Worse for den Qvotadel, som vi senere kan bestemme."

„Nei — nei — Kunsel! det var ikke Meningen. Forandre Firmaet — nei det gaar aldrig an; det er hellerikke Meningen?"

„Jo — jeg mener, det er den eneste Maade; det kan gaa an paa. Lad os sætte os og være rolige. — Den Tanke er mig ligefrem utaalelig, at jeg skulde laane Penge af Dem. Men derimod er der intet stødende for min Følelse eiheller for vore Forbindelser i den Omstændighed, at vi — i en travel og — og — hvad skal jeg kalde det? — i en hm! trykket Tid officielt optager i Firmaet en Mand, som i mange Aar har arbeidet sammen med os; og at vi som Følge deraf forene hans Navn med vort, idet vi herefter benævne vor fælles Forretning: Garman & Worse."

„Ja — men, men — alt det andet kunde gaa an, men Navnet, — Deres Faders Navn —"

„Min Fader vilde kanske ikke gjort det; men jeg vil have det saa. Dette Arrangement er — hm! — er Husets Redning; — jeg vil være det bekjendt, og derfor beder jeg Dem herved acceptere mit Forslag."

„Men bedste Hr. Kunse! —" begyndte Worse igjen. Han var med en Gang kommen ned paa sin gamle Plads og kunde ikke forlige sig med den Tanke, at han skulde gaa i Kompani med Morten W. Garman — Kunselen selv!

Den anden holdt imidlertid fast ved sit; og naar han virkelig bad om det, saa var der jo ikke andet Raad end at slaa til.

De blev siddende endnu en lang Stund og talte om det fremtidige Arrangement; og Konsulen sagde ligefrem, at han ikke ventede, at Jacob Worse vilde blande sig synderligt i selve Forretningens Drift, — noget, Worse maatte le godt af, — det kunde aldrig falde ham ind.

Da han roede til Byen, syntes han, at han var en helt anden Jacob Worse, end da han roede ud. Der begyndte jo indeni ham at røre sig nogle store Tanker om hans nye Værdighed; han sad og mumlede: Garman & Worse og tænkte paa, hvad Indtryk det vel vilde gjøre paa Randulf.

Alligevel var han ikke fuldstændig glad; det var for meget, det var kommet altfor pludseligt over ham; derfor generede han sig ogsaa for at tale om det.

Men Konsul Garman lagde ikke Skjul paa Forandringen i Firmaet, og den næste Dag stod Nyheden at læse i Byens tvende Blade — af Størrelse og Indhold omtrent som almindelige Kaalblade.

Man kan tænke sig, hvilken kjærkommen Anledning denne Begivenhed var til festlige Sammenkomster og extra Drikning og Sjungen i Klubben. Jacob Worse blev feteret i store Taler ved Bordet og chikaneret uden Skaansel udover Aftenen, eftersom de drak. Misundelsen er altid meget vittig, og han havde ingenlunde ublandet Glæde af sin Ophøielse.

Og Randulf — det gamle Græskar! som havde sendt Afseilingsbrev fra Riga, — ham kom der nu Efterretning fra, at han var paaseilet af en Rostocker Koff og var gaaet ind igjen til Bolderaa, hvor han maatte losse og reparere. Nu manglede det bare, at han skulde fryse inde til Høsten.

Da Romarino fik Underretning om den store Begivenhed, skrev han for første Gang anerkjendende til Faderen. Alligevel følte denne sig ubehagelig berørt, eftersom Sønnen udtalte sin Anerkjendelse i disse Udtryk:

„Til en usleben Sømand at være maa jeg indrømme, at du ved den Leilighed har manøvreret godt og subtilt."

Men Madame Torvestad fordoblede sin Elskværdighed; og da det led udover Høsten med Styggeveir og Regn, fandt Jacob Worse, at der var hyggeligt at sidde over i Bagbygningen og drikke The med Madamen og Jomfruerne, — naar der ikke var Forsamling.

I Klubben var de saa forbandet vittige.

V

Naar Solen senhøstes gik ned i store gule Skyer fulde af Storm og Regn, sænkede der sig over den lille By et Mørke, mod hvilket der ikke blev gjort nogen Modstand, — medmindre man vilde regne en liden Lygte, som døsede i Muren ved Indgangen til Raadstuen.

Forresten var det mørkt — begende mørkt i de trange, krinklede Gader og nede paa Bryggerne, hvor man gik lige bardus paa Hovedet i Søen, naar man var fuld eller fremmed.

I de smaa Butikker brændte Tranlampen eller et Talglys; i de finere var man begyndt med en hængende Moderatørlampe, som skar gamle Folk i Øinene. Henover Pytterne faldt der da et mat Skjær, og de, som var godt kjendte i Gaden, kunde hoppe sig nogenlunde tørskoet frem. Men de fleste havde Støvler paa Tamp og svassede ivei, saa man hørte det plaske i Sølen.

Hist og her kom der en liden Lygte svingende, snart bøiet bekymret mod Jorden, for at finde en Overgang over de værste Steder, snart kastende sit nærgaaende Lys i Ansigtet paa en Forbigaaende eller opad Væggen paa de lave Træhuse.

Damer med Kappekurve, hvoraf der stak Strikkepinder op, gik til Selskabs, eller en Tjenestepige lyste forsigtigt med Lygten, og bagefter kom der hoppende to-tre Smaapiger, som skulde paa Danseskole, med tynde, tynde hvide Lægger og store Pampusser paa Fødderne.

Men efter Klokken syv var der ikke stort mere Lys i Butikkerne, og der blev stille i Gaderne; kun af og til faldt en Lysstribe ud over Sølen og Pytterne, naar Døren gik op til en Brændevinssjap, hvor Søfolk og faste Drankere sad og brølte eller sloges.

Saa begyndte Vægterne at sprede sig fra Raadstuen udover Byen. Det var helst gamle Matroser og Skibstømmermænd, som ikke længer kunde arbeide, — med grovt, grødet Mæle, krogryggede og tunghørte.

De kom gaaende ganske langsomt i sine lange, tykke Vadmelsfrakker med Lygten i venstre Haand, stødende den tunge Pigstav i Brostenene, saa man hørte dem lang Vei. Og ved de bestemte Hushjørner raabte de Tiden og Vinden — hver paa sin Maade, saa at hver Vægter blev forstaaet i sin Gade, men ellers neppe nogetsteds i den hele Verden.

Naar saa de, der vare i Selskaber, kom hjem i god borgerlig Tid lidt over Ti, svingede der atter nogle Lygter gjennem Gaderne, mødte Vægteren, hilste Godaften; og de Unge spurgte, hvad Klokken var, for at plage ham; men de Gamle spurgte efter Vinden for Alvor.

Men efter den Tid var Byen ganske sort og uddød. En drukken Mand gik fra Stok til Væg, indtil han havnede etsteds i en Kjælderhals, i en Rendesten, i Søen eller — hvis han snublede over en Vægter — paa Raadstuen.

Men de var ikke lette at snuble over — Vægterne; for de havde sine vel forborgne Sovepladse, som de kun yderst nødig forlod, naar de syntes, der maatte raabes noget, eller naar der nærmede sig slæbende Skridt af gamle, stive Læderstøvler i Gaden.

Det var Rundvagten — den egentlige Brandvagt. Den bestod — tror jeg — helst af rigtig ældgamle Vægtere, som der ikke længere var Lyd i. De var fire eller fem i Følge, og alle havde de slaaet Kraverne helt op og trukket Skindhuerne helt ned, saa nogen Ildebrand skulde de neppe mærke, før det sved dem i Skjægget.

Og alligevel sov Byen saa trygt, saa trygt.

Og vaagnede en eller anden og begyndte at tænke paa al den Rug, som laa paa Søhuset; eller der kom Række paa Række af Billeder — tydelige, ubønhørlige, som de kommer i Mørke om Natten — af en Glo — en Glo, som laa etsteds og ulmede og greb om sig og fængede i Væggen og fik Magt og omspændte Huset og fortærede Rugen, Saltet, Tønder og hele Kramboden med Varelager og altsammen! — da lød der slæbende Trin i Gaden af gamle, stive Læderstøvler, Pigstave stødtes i Brostenene; de nærmede sig og drog forbi.

Ah! — Rundvagten! alt iorden. Se saa — Gud ske Lov! nu kunde man sove videre trygt og roligt.

Eller et Barn vaagnede af en ond Drøm og laa og lyttede og pintes af fæle Skikkelser — Tyve og Rokkedreiere, som kom ind af Kjøkkenvinduet og vilde dræbe Far og Mor med lange Kniver! — da hørte de udenfor paa Hjørnet: „Hør Vægteren — hør; Klokken er slagen to; Vinden er stille!"

Ah! — Vægteren! — ja det var jo sandt — Vægteren var der! saa kunde der ikke komme Tyve og Rokkedreiere i Kjøkkenvinduet! alle onde Mennesker maatte holde sig hjemme hos sig selv, ellers tog Vægteren dem paa Raadstuen; ja — der var vist ingen onde Mennesker, — bare gode, snille Folk — og Vægtere.

Saa sov de ind igjen saa trygge og taknemlige og drømte ikke det ringeste Gran mere.

M e n — naar de saa kom — de tre forfærdelige Brandskud, saa Ruderne klirrede over den hele By og mange sprang, — da var ogsaa Rædselen over al Maade.

Over de mørke Gader skinnede det rødt i den tykke Regnluft som et luende Ildhav, om det saa bare var en almindelig Pibebrand; den lange Jørgen Tambur trommede som han var gal med den tykke Ende af

Stikkerne; og Mænd med grovt Maal og Gutter med Stemmer saa skarpe som Maager fløi gjennem Gaderne og skreg af al Magt: „Brand! Brand, Brand! — Brand!"

Ved Sprøitehuset samledes Folk med Lygter, raabende, bandende: Nøglerne! Nøglerne? de hang bag Brandinspektørens Seng; — afsted efter Brandinspektøren; — i det begende Mørke løb en lige i Maven paa ham, og Nøgleknippet Fanden ivold bort i Sølen; og mens de ledte efter det med tre Lygter, sprængte nogle Skippere Dørene, og Sprøiterne rumlede afsted med den uhyggelige, tomme Lyd.

Gamle Jomfruer i Nattrøie løb ud paa Gaden med en Vaskevandsbolle eller et Strygejern; og i Husene fiokkedes alle om Fars og Mors Sengkammer. De smaa Børn sad i Sengen og græd; de voxne Døtre skulde trøste dem — halvklædte, med Haaret nedover Ryggen, blege og skjælvende af Skræk.

Men Mor lod koge Kaffe — varm Kaffe er god for alt og til alle Tider; og Far kom undertiden hjemom og fortalte, hvorledes det gik.

Gutterne havde strax klædt sig paa og forsvandt. For dem var det en Fest — en Skrækkens Fest. Den røde Himmel over den sorte Nat, Flammen, som undertiden viftede ud af den tykke Røg, de voxne Mænd, som sprang og raabte, — alt dette fyldte dem med en Spænding som af ti Romaner; i en Trang til at vove det uhyre, til at udmærke sig ved noget uhørt mandhaftigt styrtede de sig ind i Huse, hvor der hverken var Ild eller Fare og tog Kjæmpetag i de urørligste og umuligste Gjenstande, for at redde.

Brandinspektøren stod ved Sprøiterne og kommanderede. To Rækker af Mænd og halvvoxne Gutter langede Vand op og tomme Spande tilbage. Ved Søen eller nede i en Brønd skiftedes unge Sømænd til at fylde Brandspandene, til de vare gjennemvaade og døde i Armene. Officerer af Borgerkorpset i blaa Snipkjole med hvide Snorer løb omkring og var overalt iveien for sig selv og andre med sine lange Sabler.

Men i selve Ilden var igjen Søfolkene. De var inde i Husene og reddede, til Taget faldt; oppe paa Nabohuset med vaade Seil, huggede ned Smaahuse og Plankeværker.

Thomas Randulf og Jacob Worse var kjendt fra Gutter af som de modigste i Ildebrand. Bestandig var de først paa Pletten; bar ud de Gamle og Syge, og tog derpaa de varmeste og forvovneste Poster under Slukningen. I Virkeligheden var det dem, der ledede det hele, skjønt Brandinspektøren havde baade gule og ildende røde Fjær i sin trekantede Hat.

Under alt dette led dog Kjøbmændene den værste Angst. Assurance var en meget sjelden Ting; mange af de Vakte mente endogsaa, det var syndefuld Mistillid til Forsynet; nogle sagde, at de havde assureret med Gud.

Men naar Vinden bar paa, og de smaa Træhuse flammede op det ene efter det andet, da tabte selv de Klogeste og Frommeste al Tanke; og de løb omkring i Pakboderne paa Søhuset og hjalp til med at styrte Melsække og Korn i Søen, arbeidende og ødelæggende i sit Ansigts Sved, mens de glemte at redde Kontanterne i Kontoret bag Kramboden.

Men gjennem Ild og Røg — høit over Larmen og Raabene lød Klemtningen fra den store Klokke i Domkirken. To eller tre langsomme Slag, saa en lang Pause, derpaa igjen nogle enkelte, spredte Slag med Pauser imellem. Det lød saa tungt og haabløst. Det var ikke Stormklokken, som skulde vække Menneskene til Hjælp og Redning; det var Kirkens Bøn om Barmhjertighed, de gjentagne, fortvivlede Raab til Gud, at han vilde slukke den fortærende Ild. —

Men Vinternatten kjendte ogsaa til et andet Liv i den lille begmørke By. Det var ved Juletider eller strax over Nytaar, naar Nordvesten gik med Snebyger hver halve Time og stjerneklart imellem.

Da kunde der pludseligt komme indover Byfjorden en Baad, en til og nok en, saa en liden Skjøite og saa et Par Baade igjen. De seilede hver til sin Kant inde paa Havnen; famlende sig frem i Mørket til Fortøiningsringene indunder Søhusene og paa Bryggerne.

En Mand sprang iland og løb alt, hvad han kunde, ind i Byen; de store Sjøstøvler satte Elefantspor i Snelaget, som dækkede Sølen efter den sidste Byge.

Vægteren løftede sin Lygte og saa paa Manden. Hans Støvler, hans Buxer — ja helt op til den gule Sydvest skinnede som Sølv af utallige blanke Smaastjerner. Vægteren smilede, og da han var en gammel lun Fyr, og da han just var paa Hjørnet udenfor Skipper Worse paa Torvet, saa raabte han: „Vinden er Nordvest;— Silden er kommen!“

Flere Baade, flere Smaafartøier kom ind; det klirrede hist og her af Ankere, som faldt. Der blev dundret i Søhusvæggen; Folk kom op og løb med Lygter. Søhusdørene i første Etage reves tilside, og Lyset faldt over Mændene derude i Baaden og over den sølvglinsende Mængde af deilig, trind Vaarsild.

Oppe i Byen blev der banket paa hos Kjøbmanden; det drønede i hele Huset, naar Manden med Sjøstøvlerne tog en Sten af Gaden og slog i Væggen — han var ikke ræd, han vidste, han var velkommen.

Alle vaagnede og tænkte strax paa Brand. Men Husfaderen sprang af Sengen og stødte Vinduet op.

„Jeg skulde hilse fra Ivar Østebø, at han har kjøbt 400 Tønder for Jer."
„Ved du Prisen?"
„Tre Ort og atten. Vi ligger ved nordre Huset med otti Tønder; de andre er tæt bagefter."
„Hvad er Vinden?"
„Nordvest med Snekave."
„Spring op til han Lars i Berje og lad ham samle Kvindfolkene; han ved Besked."

Dermed sloges Vinduet i. Manden med Sjøstøvlerne løb videre, tørnede i Mørket sammen med andre Mænd, som ogsaa var begyndt at løbe. Men Kjøbmanden begyndte ivrig at tage Søhusklæderne paa, de hang færdige. Konen formanede ham fra Sengen til at tage to af de tykkeste Uldtrøier, hvilket han gjorde. Han vidste, hvorledes der var en Nat paa Søhuset med Nordvest og Snekave.

Under Bygerne øgte Vinden lidt, saa Sneen hvirvlede; ellers var det en passelig frisk Nordvest, og Baade og Fartøier vedblev at komme, indtil hele Havnen var fuld af Raab og Skraal og Plaskning af Bølgerne, Slag af Seil, som firedes og den muntre, klingrende Lyd af smekre Ankerkjettinger, som russede ud.

Helt op paa fjerde Loft kom der Lys i alle Søhusene; Tranlamper stilledes hist og her; Folk begyndte at komme til — Mænd og Kjærringer og unge Piger; Saltboden blev aabnet, Bødkeren rumsterede med Tønderne; Mandskabet ude i Baaden blev utaalmodigt, de raabte ind, at nu begyndte de, og de fire første blanke Sild slængtes ind over Søhusgulvet.

Nu var hele Byen indtil den fjerneste Afkrog underrettet; der kom Lys bag smaa Ruder og utallige Kaffekjedler sattes over. Overalt Iver og Munterhed; Silden var kommen — Silden, som alle havde ventet paa, og som alle ventede sig noget af.

De unge Piger og Koner, som skulde gane Silden, det vil sige tage Indvoldene ud, klædte sig i sine Ganeklær med Latter og Kommers, skjønt det var saa koldt at staa op, at Tænderne klaprede i Munden paa dem. Fremfor alt bandt de et tykt Tørklæde forsvarligt om Hovedet, saa der ikke var andet at se end Øinene og Næsen; for fik man Sildelage i Haaret, saa blev det til Saar.

Naar de vare færdige, løb de afsted i Følger til det Søhus, hvor de paa Forhaand havde tinget Arbeide; og en-to-tre fandt de sit Lag og sin Plads midt i Silden til op over Træskoene med Tønder og Saltbaljer og det usalige Talglys, der stod paa en Pinde, som var stukket midt ned i Sildehougen, og som altid voldte stor Bekymring formedelst Snyden med vaade Fingre, Falden omkuld og andre Gjenvordigheder. Saa fik de op den lille blanke Ganekniv og saa til at rispe op Sild efter Sild i en lynende Fart.

Nu var der fuldt af Elefantspor i Sneen, og det var til ingen Nytte, at Bygerne hvert Øieblik lagde et nyt Lag over; det blev strax trampet ned til Søle.

Kun oppe i Byen i de bredere Gader og omkring Skolen, var der endnu saa megen Sne, at Skolegutterne kunde faa istand en liden Batalje, da det endelig blev Morgen.

Naar de blege og usunde Ynglinge i øverste Klasse kom halende til Skolen med sine døde Læs af græske og latinske Bøger, med sine Tanker langt Pokker ivold i forsvundne Kulturer, Hjernen fyldt med Grammatik — den ene Halvdel med Reglerne, den anden med Undtagelserne — og de saa paa sin Vei mødte en Flok Ganejenter, som gik hjem, efter at have staaet i Silden den halve Nat, saa kunde det vel hænde sig, at de muntre Piger stak Hoderne sammen og lo.

De havde trukket Tørklæderne ned, saa Munden var fri, og med Snak og lystige Raab gik de midt i Gaden, varme og rødkindede efter Arbeidet, med blanke Silderisp opover Skjørterne og helt oppaa Næsen. Mange af dem var paa Alder med de lærde Herrer eller yngre; alligevel var de saa overlegne, de lo saa himmelhøit af de halvt lystne, halvt foragtelige Blik, de fik.

De lærde Herrer følte det kanske en Smule. Men de fandt Opreisning i plebs plebis eller semper varie et mutabile eller en lignende klassisk Vittighed.

De vidste, der var kommet Sild inat; de saa Havnen, som vrimlede af Fartøier, og Travelheden over hele Byen.

Men hvad kom det dem ved? — mon vel det at fortjene Penge var noget for dem at tænke paa? Deres Verden laa over den raa Masses: de vandrede ad pamassum, og de foragtede dybt de lave Sjæle — hele Pøbelen, der trællede og henlevede sit Liv ludende forover ligesom Dyret uden Guddomsgnisten fra Videnskabens hellige Altar.

Og denne dybe Foragt for Folket, som arbeider, den bevarede de troligt, ligetil de kom ned igjen fra Parnassus og blev Embedsmænd. Vel lærte de at holde meget gode Taler om Næringsveienes Opkomst; men i Virkeligheden var det dem temmeligt ligegyldigt

Det var næsten ikke andre Embedsmænd end Præsterne, som glædede sig ved et rigt Fiske; thi da var det, somom Offeret flød rigeligere. Men naar Silden strømmede under Land, naar Penge i massevis spredtes nedover Folket, saa at hver kunde klare for sig og slaa sig lidt op, da klagede Juristerns høit over Dyrtid.

Naar derimod Folket har det ondt, naar Fisket eller Høsten slaar feil, naar knappe Pengetider stopper Kilderne, saa det gaar tæt med Falliter og Executioner og Tvangsauktioner med høie Proxenter og svære Sportler, — da er det Juristerne trives.

Men naar undtages Embedsmændene og de faa Familier, som levede af Pensioner eller Renter, var der en Glæde og en festlig Stemning over alle andre i hele Byen, naar Silden kom.

Alle vare interesserede i det. Et rigt Fiske bragte de allerfleste Opfyldelsen af et Haab eller Redning fra en Bekymring. Først og fremst var nu alt, hvad der hørte til Søen — og det gjorde næsten hele Byen — i den mest anstrængte Virksomhed; ligefra selve Fiskerne og op til Salterieiere og Speculanter — alle gik i etslags Rus, saalænge Fisket stod paa.

Da fik ikke bare Skippere, men ganske unge Styrmænd Fartøi til at fare paa Fisket med; og der blev seilet de forvovneste Seiladser for at naa først frem og faa fuld Last. Saa narrede man hinanden med falske Efterretninger, sloges, hvis det var nødvendigt, og drak sig en god og forsvarlig Rus, naar der var Tid og Anledning.

Hjemme i Klubben var det bevægede Aftener; alle Stuer fulde, Folk sad paa Kanten af Billardet, hvilket ellers var forbudt.

Hver ny ankommen maatte fortælle, hvor Silden stod, Prisen, hvormange Laaser der var sat og hvis der ellers var noget nyt nordenfra. Det var den eneste Maade, man fik Efterretninger paa, og efter dem rettede man sig.

Stundom var det rigtigt, stundom var det galt; stundom slog Fisket rigeligst til, naar det blev fortalt, at Søen var hvid, Silden havde gydt og stod fra Land; stundom var det netop slut, naar Rygtet fortalte om de utroligste Sildemasser og Laasestæng, og saa sad man der med Hænderne fulde af dyrt Salt og tomme Tønder.

Saa drak de ogsaa godt og varmt i Klubben om Aftenen, naar de havde været hjemme og spist; da tænkte man ikke længer paa Forretninger for den Dag, og saa sjungede de.

Der var næsten altid en eller anden ung Skipper, som traadte frem og gjorde sin Stemme saa dyb og grødet som muligt, idet han spurgte, om han maatte faa Lov til at traktere Selskabet med et lidet Glas. De vidste, han havde tjent over 100 Specier paa én Ladning, saa han kunde nok spendere.

Naar Bollen saa var placeret foran de ældste: Havnefoged Snell og Lodsoldermanden, istemtes gjerne den nye Sildesang til Melodien:

Og nu en Skaal for det elskte Kjøn.

Om Fjeldets Stolthed og Dalens Lyst

Sjung Nordmand! — glad, saa det høit kan runge!
Men naar du bor ved den norske Kyst,
Dit Nordhavs Pris du vel og vil sjunge?
Jeg Havet lover!
Paa stolte Vover
En Rigdoms Fylde det ruller over
For Norges Land.

Naar Hval og Maage som Glædens Bud
Os Hilsen bringer fra Sildens Stimmel,
Den glade Fisker ror Baaden ud
Og sætter Garnet blandt Dybets Vrimmel.
See! — op han trækker
I Sølverrækker
Det rige Kast, som til Randen dækker
Hans fyldte Baad.

Thi vil vi sjunge — o Hav! din Pris,
Hvis Rigdoms Kilde til os mon strømme!
Mens fyldte Bægre paa Fædres Vis
Vi til din Ære vil glade tømme.
Giv Fisk paa Krogen!
Send Sild paa Vaagen;
Bebud hvert Aar os med Hval og Maagen
Rigt Fiskeri!

Saa tømte de sine Bægere paa Fædres Vis og sjungede Sang paa Sang — for Gamle Norge og Skibsfarten og Konstitutionen og tilslut fik gamle Lodsoldermanden sin Sang!

De Gamle man ogsaa bør komme ihu,
De vare jo engang, hvad vi ere nu.
De vare jo unge og raske og fri.
Og at de har elsket, bevise jo vi!

Langt ud over Natten rystede Vinduerne af de kraftige Kor, thi jo længer det led, desto stærkere brølede de og bankede Takt i Bordet med de tykke Glas.

Men der var i Byen nogle andre, som aldrig drak eiheller satte sin Fod i Klubben, og som dog havde al sin Interesse og Velfærd i Fisket. Og det var Haugianerne, de Vakte, — de Hellige — som Spotterne kaldte dem.

Foruden Sivert Jespersen og Brødrene Egeland, der drev stort Salteri ved Siden af sin Bondehandel, speculerede ogsaa de fleste andre Haugianere i

Silden. Ialmindelighed var de Bondegutter, som kom ind til Byen, for at tjene hos en af de Ældste, og der gir de Haugianernes Sparsomhed, Nøiagtighed og utrættelige Flid.

Naar de saa kom paa egen Haand med en liden Forretning, slog de sig snart op. Paa Fisket, hvor det mangen Gang kunde gaa temmelig vildt til, var de ogsaa med, skjønt de led megen Bespottelse, fordi de sang Salmer istedetfor at bande og drikke.

Men efterhaanden begyndte de andre at indse, at de Hellige ikke vare til at foragte. Aldrig var der noget iveien med dem, hverken Slagsmaal eller Fylderi blandt deres Mandskab; deres Baad var altid parat og deres Greier i den bedste Orden; og skjønt de hverken bandte eller drak, seilede de dog omkap med de galeste Vaaghalse, og skjønt de fór frem med Sagtmodighed og fromme Ord, fik de dog sin Ret frem, og man betænkte sig to Gange paa at gaa dem for nær.

Sivert Jespersen var ogsaa saadan en Bondegut, der havde slaaet sig op fra ingenting. Nu eiede han to store Søhuse i Byen, flere Salterier nordpaa; og desuden havde han adskillige Skibsparter.

Nu reiste han ikke længer selv paa Fisket; han var over sexti Aar, krogrygget og fuld af Gigt — som de fleste, der havde været paa Vinterfiske i Ungdommen. Men naar Silden kom, vandrede han om paa Søhuset — i sin ældgamle Kalmukkes Frak og Peltshue, og da var han i Perlehumør.

Hele Huset op tiltops fuldt af Mennesker, Sild, Salt og Tønder; Raab og Larm, Bødkernes Slag, Vindetougene, som skurede og og ned; Gulv og Trapper vaade og glatte af Sildeblod og Lage, som dryppede gjennem Gulvene fra øverst til nederst, Silderisp opefter Væggene, hvor du vendte dig, og en Lugt som i Maven paa en Hvalfisk — der gik Sivert Gesvint med sit Talglys i Haanden op og ned og rundt i hele Huset — nynnende halvhøit sin Yndlingssalme:

„O du min Immanuel!
Hvilken Himmelglæde
Har du gjort min arme Sjæl
Med din Purpurvæde.
Fjenden tænkte, den var fast;
Men hans træske Snare brast.

Op min Sjæl! til Sang og Fryd —

„Nei — nei — nei!“ raabte han pludselig med skarp Stemme.

Der var noget paafærde blandt Ganejenterne; enten to sloges eller det var Spøg: men de var saa voldsomme, at de væltede et Par færdige Tønder, saa Silden gled udover Gulvet og opi Saltbaljerne, og der blev et helt Søl.

„Nei — nei — nei!“ — gjentog Sivert Jespersen, da han kom hen til dem, og nu var hans Stemme atter mild og blid som altid, „I maa omgaaes forsigtigen med Guds Gaver, paa det at de ikke skulle spildes og fordærves. Ikke sandt? — kjære Børn!“

Han saa fra den ene til den anden med sine skarpe lyseblaa Øine og sit bestandige Smil; og der blev ganske stille blandt Pigerne, medens alle fik travelt med at samle Silden op igjen og faa det iorden. Det var meget værre, naar Sivert Jespersen sagde: Kjære Børn! end om en anden havde sagt: Helvedes Pak!

Uagtet de fór saa stille frem — Hauges Venner — og syntes at drive sin Forretning med saa megen Omsigt og Forsigtighed, var dog selve Forretningen alt andet end sikker og solid i Bunden. Fisket behøvede bare at slaa feil et Par Aar, eller om en Ildebrand ødelagde alle disse uassurerede Værdier, saa vilde mange tilsyneladende store Formuer smelte sammen til lidet eller ingenting.

Og dette følte de stundom selv, naar det varede længer end vanligt, før Silden kom under Land, eller helst paa Vaarparten, naar der var tomt i Kassen, og Silden laa uafskibet paa Søhuset, og alt afhang af Prisens Stigning eller Fald i Rusland og Preussen.

Da skalv de paa Haanden, naar Posten kom en Gang om Ugen, og de sov daarligt om Natten; — i denne Tid var det helst, de sang.

De samledes til Forsamlinger — gjerne hver Dag; de læste, de bad, de sang sammen. Og naar de alle sad sammen og saa paa hinanden, og den ene vidste om den anden, hvormeget der stod paa Spil for ham, hvor fredelige og fromme de vare, hvor Gud hidtil havde holdt sin Haand over dem og visselig ikke denne Gang heller vilde slippe dem, — om ikke for min Skyld saa for de andres, — da følte de Kraft i Bønnen, de smilede kjærligt til hinanden og gik hjem med god Fortrøstning.

Og den blev ikke skulfet. Aar efter Aar gik det dem godt; deres Kapital øgte; men de satte den strax i Forretningen. Den som et Aar havde saltet 1,000 Tønder, vilde til næste Aar tage 3,000; de var ude om sig paa alle Kanter, satte alle Seil til, og medens de gik saa stille med sine Salmer og sagtmodig Tale, var de i Virkeligheden dristige — ja forvovne Speculanter.

Det var dette, som mindst af alt huede Hans Nilsen Fennefos. Ikke, at det skulde være imod Hauges Vilje og Anordning, at Brødrene drev Handel — tvertimod. Men dette var ikke den gamle Vindskibelighed og nøisomme Tragten efter en beskeden Gevinst. Pengene kom altfor let og i altfor store Portioner.

Fennefos fandt ogsaa, at der begyndte at indsnige sig Overdaadighed i Brødrenes Samliv; der var Middagsselskaber, hvor der blev spist overflødigen.

Sagen var, at for disse tarveligt vante Folk var Steg og Kage noget nyt og uhørt; og efterhaanden som de blev sig bevidste, at det havde de nu Raad til, fandt de en halvt barnagtig Glæde i at lade Byens Kokkekone lave dem Mad som i de Stores Huse.

Fennefos talte til dem om det og revsede dem; de hørte paa ham, smilte og takkede; men det blev ikke anderledes.

Ogsaa i Byens offentlige Liv begyndte disse stille Mænd, der vare blevne rige uden at nogen mærkede det, at gjøre sig gjældende. Man blev nødt til at tage Hensyn til dem paa mange Maader; deres fromme Færd og gudelige Tale ophørte at være Gjenstand for Spot.

Ja efterhaanden som Hauges Venner vandt i ydre Anseelse og tabte i indre Liv, trængte der sig fra dem og deres Vækkelse en overfladisk Religiøsitet opover Samfundet baade i By og paa Land, en officiel Skinhellighed, som trivedes godt.

— Saaledes omtrent var Byen paa den Tid, — en gammel By fuld af nyt; — snever og kroget, mørk og pietistisk, men frisk og smilende mod det blaa Hav med stolte Skibe og brave Sømænd.

En Sommerdag skulde den sees i Solskin og Nordenvind; naar Maagerne fløi over Fjorden og frem og tilbage langs de hvidmalede Søhuse i Havnen; naar de lossede Salt paa Vaagen og Vinden bar den lystige Sang indover Byen:

„Amalia Maria — vi kom fra Lissabon“ — — og Saltet russede ud i den brede Trærende og ned i Førebaaden med en uforglemmelig, munter Lyd; og hele Byen lugtede lidegran af Sild, men helst af Sø — frisk Nordsø.

Og Folk, som havde været længe hjemmefra og faret Jorden rundt, de sagde, at saadan Luft fandtes ikke andetsteds i Verden; og de reiste ud og de kom igjen; og hjemme var der nogle faa, som længtede ud; men alle — alle, som vare ude, længtede hjem.

VI

Jomfru Sara og Henriette sad i Væverstuen og nøstede Garn, — Henriette hviskede. Moderen sad og skrev Breve i Dagligstuen med Døren aaben; men hun hørte ikke godt.

„— Og saa kan du begribe, ja er det ikke ubegribeligt, hvad de kan finde paa, for de stjal et Toug — maa du vide —“

„Hvem?“

„Lauritz og de andre.“

„Stjal de?“

„Er du gal?“ — svarede Henriette forarget, „tror du, Lauritz stjæler! nei — de bare tog det — saadan tog det — forstaar du — bag Døren nede i Worses Krambod; et Filletoug, som ikke var sex Skilling værdt — fra den rige Skipper Worse, — det skulde rigtig gjøre noget!“

„Men Henriette! — du ved dog, at stort eller lidet er ikke det, det kommer an paa; hver den, som stjæler“ —

— „er en Tyv — ja jeg kan det Skriftsted,“ afbrød Henriette i en Fart; „men nu skal du høre, hvad de gjorde med Touget, for det var igaar Eftermiddag, Lauritz fortalte mig det i Kjøkkenet, mens jeg skjænkede The —“

„Mens her var Forsamling?“ — spurgte Sara bebreidende. Henriette nikkede ivrigt med Hovedet: „Sig det bare ikke til Mor! — aa han er saa løien — Lauritz; — jeg ler saa skrækkeligt af ham; men saa kan du tænke, de spændte Touget tvers over Gaden, og to Mand holdt i hver Ende, da det begyndte at mørkne; og naar der kom nogen, som de var gal paa, saa strammede de Touget, saa de faldt, og saa kom Krigskommissæren — du ved, han den sinte, røde — og saa gik han paa Hovedet og brak Armen.“

„Jeg mener, du er forstyrret — Henriette! du synes da vel ikke, at det var godt gjort?“

„Jo extra godt! — du skulde bare vide, hvor fæl han er; alle Gutterne over hele Byen er gal paa ham — jeg ogsaa; naar de er paa Session, sidder han og bander og skjælder i et væk, og naar han er paa det sinteste, saa slaar han — du kan tænke, han slaar med en Ridepisk. Uf! — nei det var netop tilpas til ham; — bare han havde brukket begge — den Rakkersknægten!“

Sara var ganske forskrækket; men idetsamme gjorde Moderen en Bevægelse, somom hun vilde reise sig, og Søstrene arbeidede en Stund flittigt og stille.

Sara sad og tænkte paa, at det var rent galt — dette med Henriette, og hun spurgte sig selv, om det ikke var hendes Pligt at tale til Moderen. Men Madame Torvestad var virkelig saa besynderlig svag overfor den yngste Datter.

Hun havde engang sagt: „Ja for Henriette er jeg ikke bange, hun er let at bøie, og vil nok gribes af Naadens Kald i sin Tid. Det var anderledes med dig! — Sara! du har et stærkt Sind, som tidligt maatte indøves i Herrens Tugt. Og Gud ske Lov! — hverken din brave Fader eller jeg selv have sparet vort Ris, og Gud har lagt sin rige Velsignelse til, saa du blev den, du er.“

Dette sagde hun med usædvanlig Varme. Ellers var Forholdet mellem Moder og Datter lidt stivt. De kunde tale med hinanden om verdslige og aandelige Ting, men til Fortrolighed kom det ikke.

Sara var opdraget i de strængeste Grundsætninger om Børnenes Pligter mod Forældrene, og hun saa op til Moderen med Ærefrygt. Hun vilde heller afhugget sin Haand end handlet imod hendes Vilje; men hun turde ikke gaa hen og kaste sig om hendes Hals, som hun mangengang følte Trang til.

Naar Henriette i Kaadhed kyssede og omfavnede hende, følte hun et underligt Velbehag; men hun rev sig strax løs; for hun vidste, at Moderen ikke ligte saadant.

Da de havde arbeidet en liden Stund i Taushed, hviskede Henriette igjen: „Han var fuld om Lørdag.“

„Hvem?“

„Lauritz.“

„Fy! — hvorledes ved du det?“

„Han fortalte mig det.“

„Men er der da ikke Skam i ham?“

„Aa — det var da ikke saa farligt; han var ikke ganske snydfuld — forstaar du; bare saadan vel sat — som de siger.“

Henriette var ganske stolt af ham — saa det ud til. Men førend Sara kom sig af den sidste Forskrækkelse, raabte Moderen:

„Sara! — kom herind og hjælp mig lidt. Hvor er det, Herren taler om Vintræet?“

„Johannes femtende Kapitel.“

„Læs det for mig.“

Sara begyndte, og imens iagttog Moderen hende med sine kloge Øine; men hun lod, somom hun var optaget af sit Brev og af det, som blev læst.

Madame Torvestad skrev mange Breve, der vare i stor Anseelse og bleve høit skattede af Vennerne omkring i Landet. De blev læst op i Forsamlingen, hvor de kom, og dernæst omhyggeligt opbevarede til Udlaan blandt Bekymrede, som trængte til et godt Ord. Thi hendes Breve vare milde og kjærlighedsfulde.

Sara læste det tolvte Vers: „Dette er min Befaling, at I skulle elske hverandre, ligesom jeg haver elsket Eder,“ stansede Moderen hende: „Ja — det Vers var det, jeg tænkte paa.“

Hun saa ned i Brevet og fortsatte — halvveis somom hun fulgte Tankegangen i det, hun havde skrevet; men Sara mærkede godt, at det, Moderen sagde, ogsaa var henvendt til hende.

„Det er den første Frugt, Grenene paa det sande Vintræ skal bære: Kjærligheden, den indbyrdes Kjærlighed mellem Brødrene; det er denne Kjærlighed, som især den elskelige Johannes fremstiller som Tegnet paa Guds Børn. Men — kjære Hjerte! — nu gjælder det: giv Agt paa, hvorledes din Kjærlighed til Brødrene er opstaaet eller hvorfor du elsker dem; — om det er, fordi de ere fødte af Gud, eller om det er formedelst en eller anden Elskelighed ved deres Person. Giv Agt paa, om din Kjærlighed opkom dengang og derved, at du selv søgte Herren, hungrede og tørstede efter hans Naade og Fred med Gud og da begyndte at elske H a m saaledes, at — saasnart du saa eller hørte, at nogen anden ogsaa søgte og elskede Herren, d e n n e da blot d e r v e d blev dig saa kjær, saa elskelig, saa broderlig nær, at du derover glemte alle hans andre Egenskaber.“

Sara blev efterhaanden blussende rød og bøiede sig over Bibelen; hun vilde begynde paa trettende Vers, men Moderen afbrød: „Tak Sara! — du behøver ikke at læse mere; det var just disse Betragtninger over den indbyrdes Kjærlighed, jeg vilde vække hos mig selv ved det hellige Ord.

Og atter fortsatte hun paa den samme Maade — halvt til Sara halvt til sig selv: „Se der har Fristeren igjen lagt en af sine træske Snarer; giv Agt og bed Gud bevare din Fod, at du ikke træder i den. Thi den syndige Elskov ligger paa Lur bag Kjærligheden til Brødrene som Slangen skjulte sig bag Træets lystelige Frugter. Se derfor vel til, at du elsker i Aanden og ikke i Kjødet. Men dersom du elsker i Aanden, og du paa din Vei møder en, der søger den samme Gud, som du elsker, og i hvis Kjærlighed I begge ere forenede, da skal du visselig elske denne ene Søgende. Og var han end —“ her blev hendes Ord meget indtrængende — „og var han end blot en Søgende fjernt borte, — ja var han end en Vildfarende, der kun dunkelt skimtede Lyset og kun skrøbeligen vandrede derefter, — ja, — om end hans Udseende, hans Omgjængelse, hans naturlige Sind var noksaa vanskeligt, — du skulde dog elske ham for den fælles Kjærligheds Skyld, som elskede Eder først. — Se saa — mit Barn! — Tak for Hjælpen. Gaa nu tilbage til dit Arbeide og bed Herren for sin Kjærligheds Skyld forklare den indbyrdes Kjærlighed i dit Hjerte, paa det at du ikke maa fare vild.“

Da Sara var i Døren, tilføiede Moderen: „Det undrer mig, at naar du og Henriette sidder saaledes sammen, at I da ikke synger en Salme; det gjorde vi altid i min Ungdom. Det letter Arbeidet og beskytter Sindet mod onde Tanker og Fristerens Anløb.“

Lidt efter sang Søstrene dæmpet og rent en Salme, de vidste, Moderen yndede:

„Gjør Døren høi og Porten vidt
Se — Ærens Konge kommer hid —“

Naar Henriette ikke kunde Ordene, nynnede hun, til hun kom idet igjen. Men Sara sad ganske bleg og sang; hendes Øine brændte; men hun slog dem ikke op.

Ingen af Pigerne hørte, at Hans Nilsen Fennefos kom opad Trappen og stansede paa Afsatsen udenfor.

Han stod og lyttede til den skjønne Sang, og han kom til at mindes hin Nat, da han hørte sin Moder synge. En dyb Bevægelse greb ham; det forekom ham, at Saras bløde Stemme var saa lig hans Moders, og Taarerne strømmede til hans Øine.

Da han kom op paa sit lille Kammer, sad han længe i modstridende Tanker. Hvor vilde det ikke være godt for ham, om han i dette Øieblik havde havt sin Moder at raadføre sig med. Men hun var død for to Aar siden. De, som stod ved hendes Dødsseng, fortalte, at det var, somom hun sang sig lige ind i Himmelen.

Hans Nilsen kom fra et Møde med de Ældste af Brødrene. Han hørte selv til iblandt dem; thi det kom ikke an paa Aarene, men paa Tro, Kjærlighed, Retfærdighed og Erfaring i aandelige Ting — samt sand Visdom.

Der var nemlig kommet Brev fra hans Hjembygd, hvori der klagedes over, at adskillig Lunkenhed begyndte at indsnige sig blandt Vennerne deromkring; og de bad saa bønligen, at der maatte skikkes dem en Mand eller en Kvinde, der kunde puste til den sluknende Ild, førend Kullene bleve ganske sorte og døde.

Helst vilde de jo have Hans Nilsen; men ellers var de fornøiede med hvemsomhelst, de Ældste vilde sende dem.

Da dette Brev var læst op, sagde den ældste blandt dem — en Olding, som havde kjendt og arbeidet sammen med Hauge:

„Nu — kjære Hans Nilsen! hvad mener du? — mon Aanden vidner i dig, at du skal følge Brødrenes Kald? — eller mon du ved nogen anden, som bedre kunde skikke sig dertil?“

„Jeg tænker, Hans Nilsen synes, han har det godt, der han er —“ sagde Sivert Jespersen uden at se op fra den Postille, hvori han sad og bladede.

Mere blev der ikke talt. Men de vare saa indøvede med hinanden, forstod saa vel et lidet Vink eller en svag Betoning, at den Pause, som nu fulgte, var for dem lige saa oplysende og spændende som en Debat.

Endelig reiste Fennefos sig og svarede: „Jeg vil prøve mig selv og bede Aanden oplyse mig; imorgen — eller kanske iaften i Forsamlingen skal jeg, om Gud vil, bringe Jer mit Svar.“

— Nu sad han da og prøvede at være fuldstændig oprigtig, for at faa Rede paa sig selv.

Den Misbilligelse, han saa godt havde hørt i Sivert Jespersens Bemærkninger, var noget, han havde mærket før hist og her. Ialmindelighed vilde man vistnok gjerne beholde ham i Menigheden; men der var dog nogle, som følte sig trykkede af ham. Fra disse kom der smaa Ymt om, at Madame Torvestads Hus kunde være farligt for en Lægprædikant, kunde friste til Blødagtighed.

Saasnart Hans Nilsen mærkede dette, havde han strax tænkt paa Sara. Saa nøie som han kunde, havde han gransket i sit eget Hjerte. Men det var ham ikke muligt med Sikkerhed at afgjøre, om den Glæde, han følte i hendes Selskab, var Begyndelsen til en syndig Elskov, eller om det dog ikke bare var, hvad det burde være: en hjertelig Følelse af Venskab og Hengivenhed for denne Kvinde, der var renere og bedre end alle de andre.

Da han imidlertid ikke kunde komme til nogen sikker Overbevisning, og da dette begyndte at pine og forurolige ham, var han en Dag gaaet lige til Madame Torvestad og havde spurgt hende, om hun vilde raade ham til at gifte sig, og om hun i saa Fald kjendte nogen kristeligsindet Kvinde at foreslaa ham til Hustru.

Madame Torvestad blev ikke overrasket. Det var sædvanligt baade blandt Hauges Venner og især blandt Herrnhuterne, at de unge lod sig lede i disse Ting af de ældre. Vittige Hoveder i Byen paastod endogsaa, at salig Torvestad havde faaet sin Kone ved en Lodtrækning i Christiansfeldt.

Paa den anden Side laa det dog saa nær for Madamen at tænke paa sine Døtre — og da først og fremst paa Sara, at Hans Nilsens Spørgsmaal næsten var at anse som et Frieri.

Men hun svarede undvigende. Hun troede ikke, at han, der var en saa vel kjendt og afholdt Prædikant, havde Lov til allerede nu at ophøre med Reiserne omkring i Landet; og han vidste selv — sagde hun —, at for den, som først er gift, falder det ikke længer saa letvint at komme afsted. Hellerikke var der for nærværende Tid nogen Kvinde i hendes Bekjendtskab, der særlig passede for ham.

Dette overraskede og skuffede Hans Nilsen. Han formaaede egentlig ikke at indse, hvad Madame Torvestad kunde have imod at give ham sin Datter. Det faldt ham ikke ind, at hun kunde have andre Planer, ligesaalidt som det faldt ham ind med en Tanke at modsætte sig hendes Vilje eller gaa udenom den.

Derimod bestræbte han sig for at finde, at hun havde Ret, og det lykkedes ham med nogen Overvindelse.

Der var gaaet en Uges Tid siden denne Samtale med Madame Torvestad; og i disse Dage havde Hans Nilsen givet nøie Agt paa sig selv. Han beregnede, at hvis han havde følt sig tiltrukken til Sara af noget kjedeligt Begjær, maatte han have følt en heftig Smerte ved saaledes at skuffes i sit Haab.

Men nogen heftig Smerte følte han ikke — det kunde han ikke sige. Han vilde været overmaade lykkelig, om det var gaaet efter hans Ønske; men nu, da han alligevel forblev i hendes Nærhed og hverken følte nogen Trang til at nærme sig yderligere eller til at flygte bort for nogen ond Begjærlighed, saa mente han, at det var bevist, at hans Tanke var ren, og han begyndte at føle sig mere rolig, omend noget tung.

Men saa kom dette Brev idag, den aabenbare Mistanke, som laa bagved Sivert Jespersens Ord, og saa hans Følelser, da han hørte hende synge. Alle hans Tvivl brød op igjen, og mens han sad i sin lille, haarde Sofa, og Mørket altmere faldt paa udover Eftermiddagen, begyndte det at storme i hans Blod, og Tanker, han ikke kjendtes ved, kom frem og anklagede og forsvarede hinanden.

Hvorfor vilde han ikke vandre afsted og følge Kaldet fra Hytte til Hytte udover den mørke Vinter? — hvorfor droges han ikke mod alle de arme Bekymrede, der sad rundt omkring i Landet, kjæmpende i sin Ensomhed med Tvivl og Anfægtelser? hvorfor længtede han ikke som før efter Kampen med Helvedes Magter?

Var det ikke som Sivert Jespersen sagde: han havde det for godt, der han var? — og var det ikke atter Sara — alene Sara, som gjorde det saa godt og velsignet i ham og omkring ham?

Han kjendte, at der nærmede sig en af de onde Timer, som stundom hjemsøgte ham, — især da han var yngre. Han vred sine Hænder og bad, at Aanden vilde oplyse ham og Mørket vige. Der kom en stærk Sved over ham; han krummede sig sammen ligesom i Smerte, og Aandedrættet blev kort og besværligt. Og altimens hvirvlede Tankerne forbi ham — onde Tanker, stygge urene Tanker, som ikke vare hans egne. Istedetfor alvorligt at prøve sig frem, mindedes han Tvivl og Bespottelser, han havde hørt; vilde, forvirrede Billeder dansede gjennem hans Hoved, og naar han vilde gribe en Beslutning, sætte et fast Punkt, for at komme ud af den gruelige Anfægtelse, da løb alt fra ham, han laa magtesløs — bunden paa Hænder og Fødder, og Djævelen selv stod og lo af ham.

Da raabte han høit: „Vig fra mig — Satan!“ og udmattet og tilintetgjort kastede han sig paa sit Ansigt ned i Sofaen.

Men idet han lukkede sine Øine, var det, somom der flammede smaa Ildtunger bag Øienlaagene, de samlede sig, flimrede, forsvandt og kom igjen, indtil det i et Sekund syntes ham, at han havde læst i Mørket fremfor sine lukkede Øine det Ord: reis.

Han sprang op og saa sig om i det halvmørke Kammer, idet han gjentog: „reis — reis!“ Det klarnede i hans Hoved, og der blev stillere indeni ham; han var bønhørt: Aanden havde oplyst ham og forjaget Mørket; og han knælede ned og takkede.

Derpaa kastede han Frak og Vest, aabnede Vinduet og lod det regne sig i Ansigtet. Nu var han bleven klar over sig selv. Her var virkelig Fare paafærde; afsted maatte han jo før jo heller, og nu længtede han — ja Gud være lovet! — han længtede efter at komme ikast med Helvedes Magter.

Da han havde faaet sit Lys tændt, barberede han sig uden at ryste paa Haanden; han var fuldstændig rolig, lidt mat, men saa underlig glad og tilfreds. Efterpaa klædte han sig helt af, vaskede sin stærke skjønne Krop og tog rene Klæder paa.

Hans Nilsens Pande var ikke meget høi, men bred og aaben; Haaret var mørkt og stridt, hvorfor han bar det ganske kortklippet; Næsen stor og krum, Munden fast sluttet med smale Læber og en stærk, ren Hage.

Siden Læberne var saa smale og uden Skjæg, vistes begge Tandrækker langt ind, naar han talte, — tætstaaende, ret afskaarne Bondetænder; og der var mange i Forsamlingen, som holdt af at fæstne sine Øine ved hans Mund, naar han læste eller sang, — det var en Mund rød og hvid, frisk og ren, som aldrig smagte Tobak eller Brændevin.

Renhed var overhovedet det Ord, som passede til Manden. Ikke blot hans Paaklædning og hans Skjortekrave, men selve Ansigtet var saa rent med de store, greie Træk og den glatragede, stærke Hage. Og af Øinene, der vare graa og klare, lyste der et saa rent og alvorligt Skjær, at der var Folk, som ikke ligte at se ind i dem.

Han havde ikke det stikkende, nærgaaende Blik, hvormed mange af hans Medbrødre pleiede at bore sig ind i Synderen, somom de vilde trænge ned i en dyb Afgrund af hemmelig Synd og Ondskab. Hans Nilsens Blik gjorde derimod det Indtryk, at det ventede at møde den samme Renhed, som det selv kom fra; og kanske var det derfor, de fleste saa tilsiden, naar de stod midt foran ham.

— Næsten alle Haugianerne i Byen vare i Forsamlingen, siden det var Lørdag. Der blev en glad Bevægelse blandt dem, da Fennefos gik hen til Endre Egeland, som just stod ved det lille Katheder, for at læse af Postillen, og bad om at faa tale et Par Ord.

Alle satte sig tilrette, for rigtig at glæde sig ved den afholdte Taler; det var saa længe siden, de havde hørt ham; i den senere Tid havde han været mindre oplagt til at tale.

Men Glæden blev dog blandet, da Hans Nilsen begyndte: „Elskede Brødre og Søstre! — jeg staar her, for at byde Jer Farvel!"

Alligevel gjorde det saa godt at høre ham. De Gamle rokkede henrykt paa Hovedet og smilte til hinanden: det var den gamle Lyd, de kjendte, kraftige Ord fra Hauges egen Tid, førend mangt og meget havde svækket og opblandet den gode Vin.

Hans Nilsens Holdning var ogsaa forskjellig fra deres, som ialmindelighed ledede Forsamlingerne; Stemmen var ikke klynkende, Hovedet ikke bøiet, og han smilede aldrig. Høi og stor stod han blandt dem med faa og simple Bevægelser, vendende det smukke Hoved og ligesom lysende op omkring i Krogene med sine klare graa Øine.

Først formanede han dem med Alvor og Myndighed; dernæst takkede han dem alle hjerteligt for godt og trofast Broderskab; — ja han vendte sig endog, saa alle mærkede det, lige mod Sivert Jespersen, da han særligt takkede dem, der havde rakt ham Haanden, naar han nær var snublet og faret vild.

Og tilslut bad han en Bøn, som længe mindedes blandt Vennerne. Det var et af de Øieblikke, hvor Ordene kom over ham som en Storm og hans hele Væsen ligesom glødede af Inderlighed og Begeistring.

De flokkedes om ham efterpaa, for at trykke hans Haand og medtage et lidet Ord fra ham; thi ingen kunde vide, hvor lang Tid han blev borte. Kom en saa elsket Lægprædikant først ud paa Reise, saa kunde han let trækkes fra Bygd til Bygd rundt det hele Land; thi overalt var de begjærlige efter at høre ham; og der vilde visselig være mange, der bad og indbød ham, naar det rygtedes, at han var paa Vandring.

Derfor var der Taarer og Vemod blandt dem. Fennefos var i Virkeligheden en af Menighedens fasteste Støtter. Thi ved mange af de andre — som nu for Exempel Endre Egeland og Sivert Jespersen — var der ligesom en liden Hage; ialfald talte Folk bestandig ondt om dem; og de vare jo paa alle Kanter omringede af Spottere og Bagvaskere.

Men paa Hans Nilsen havde der aldrig været den mindste Flæk. Ja den nye Præst i Byen, der lod, somom han vilde nærme sig til Haugianerne, omtalte endog Fennefos med stor Anerkjendelse. Det var Brødrene ikke lidet stolte af. Det hændte ikke hver Dag, at en Lægprædikant fik Ros af en Præst.

Hans Nilsen skulde reise om et Par Dage, saasnart de Ældste kunde faa skrevet de Breve, han skulde have med, samt ordnet de Bøger og Smaaskrifter, som han skulde udbrede blandt Folket paa sin Vandring.

Det var i Slutten af October, og Hans Nilsen tænkte at gaa langs Kysten fra Gaard til Gaard lige til Kristiansand — samlende Vennerne til Opbyggelse, hvor han kom frem.

Fra Kristiansand vilde han saa tage opover Sætersdalen, og ved Juletider gjorde han Regning paa at være i sin Hjembygd. —

VII

Det var ikke Hykleri, naar Madame Torvestad udbredte sig over, hvormegen Pris hun satte paa at have Hans Nilsen boende i sit Hus og hvor ondt det gjorde hende, naar han reiste bort. Men paa den anden Side skjulte hun dog omhyggeligt, hvor beleiligt det kom hende denne Gang.

Hun lagde da alle Aarer ud, for at fange Skipper Worse til sin Datter.

Hvad der bevægede hende hertil, var meget sammensat. Selv vilde hun vel talt om Interesse for en stakkels, vildfarende Sjæl, der kun ad den Vei kunde reddes fra Fortabelsen. Men de, der kjendte hende nøie, vidste, at den stærkeste Lidenskab hos hende var en bestandigt øgende Lyst til Magt og Indflydelse.

Og i saa Henseende var Jacob Worse nok værd at erobre — især efterat han var kommen i Kompani med Garman. Det vilde ikke blot styrke Brødrenes Samfund udad; men — hvad der for hende turde være det vigtigste — det vilde i høi Grad styrke hendes Stilling blandt Brødrene, at det var hun, som havde tilført dem denne nye, kostbare Broder.

Thi at det skulde lykkes hende at gjøre en Broder ud af Jacob Worse, derom tvivlede Madame Torvestad ikke. Hun kjendte adskilligt til Verden og havde seet flere ældre Mænd, der giftede sig med yngre Piger; hun vilde virke paa ham gjennem sin Datter, hendes Indflydelse vilde udstrække sig fra Baggaarden over den hele Bygning, Brødrene vilde takke hende, og Guds Sag vilde fremmes.

Sara saa det hele komme. Fra hin Samtale om Vintræet, var hun ikke længer i Tvivl om, hvad der var bestemt for hende.

Da Hans Nilsen reiste, forærede han hende det dyrebareste, han eiede. Det var et egenhændigt Brev fra Hauge til hans Moder. Papiret var gult og medtaget og Blækket blegt. Fennefos, som var udlært Bogbinder, havde selv arbeidet en sirlig Mappe af Pap til at bevare Brevet i — med hendes Navn og et Skriftsted trykket udenpaa.

Der blev snakket om det blandt Kvinderne, saa mærkeligt syntes man, det var, at Hans Nilsen vilde skille sig ved et saadant Klenodie. Men den, der vilde komme med nogen Hentydning i den Anledning overfor Madame Torvestad, fik en saa skarp og isende kold Afvisning, at det ikke blev prøvet oftere.

Sara var forvirret, — glad og lykkelig ved Gaven og de hjertelige Ord, han havde sagt hende, da han reiste; men ellers var hun ulykkelig — haabløs ulykkelig. Om Natten laa hun og græd i Sengen og bad om Naade til at overvinde sig selv.

Og en saadan Nat kom Moderen ind i Soveværelset. Det var ganske mørkt, og Sara, som laa i sin Graad, mærkede Ingenting, før hun hørte Moderen sige: „Kan du nu se — mit Barn! jeg havde Ret; tak nu Herren, at du itide fik Øinene opladt for Faren.“

Hun sagde det saa myndigt og bebreidende, at Sara reiste sig op i Sengen og blev siddende længe uden at græde og uden at bede, mens tunge, stridige Tanker kom op i hende.

Det var den gamle Adam; men hun gad ikke kjæmpe imod ham. Hun lod de onde Tanker løbe helt ud, — hvorhen de vilde, — henover alle de Feil, hun nogensinde havde opdaget hos Brødrene eller anet hos Moderen, — henover Skipper Worse med hans gamle Tobakslugt og Eder, indtil han blev hende modbydelig, — henover — langt henover forbudte Egne, hvor der var Solskin og Lykke — alene med en høi, stærk Mand med en frisk Mund med hvide Tænder, — hun kastede sig ned igjen i Sengen, drømte og halvsov; men da hun vaagnede om Morgenen, syntes hun, der hvilede et Bjerg af Elendighed paa hende.

Skipper Worse selv vidste fra først af lidet om den Lykke, der beredtes for ham. Han behøvede endog gjentagne Fingerpeg fra Madame Torvestad, inden det gik op for ham, at den smukke Sara, som han havde seet voxe op fra liden Pige, kunde blive en Kone for ham.

Men da han først var sat paa Glid, grebes han af denne Gammelmandskjærlighed, der i lige Grad forynger og forblinder. —

Det faldt ind med et styrtende rigt Fiske det Aar. Jacob Worse var utrættelig virksom og i et straalende Humør. Tanken om de lune Værelser hos Madame Torvestad, hans hyggelige Plads ved Siden af Sara, de bløde, fine Hænder, hvormed hun bragte ham hans The, hvori Madamen — hvilket var en meget stor Begunstigelse — dryppede et Par Draaber Rom, — alt dette førte han med sig overalt; og bedst som han var i det ivrigste Kav med Silden, kunde derkomme et lunt Smil — ja næsten noget drømmende over det gamle Skipperansigt, som dog faa mærkede, og ingen forstod.

Aldrig havde han været saa driftig og saa heldig. Han saltede iaar for fælles Regning med Firmaet og kjøbte en Masse Sild. Munter og rask som en Yngling førte han Liv og Lystighed med sig, hvor han kom frem; og alle var enige om, at Jacob Worse var en Pokkers gammel Fyr.

Gammel skulde man forresten vogte sig for at kalde ham i denne Tid. „Fanden er gammel“ —— pleiede han at svare og satte Glasset fra sig, naar nogen var saa uheldig at proponere et Glas for g a m l e Worse.

Men naar han under Fisket kunde faa en Anledning til at fare ind til Byen med en Ladning Sild, skyndte han sig at blive færdig paa Søhuset og gik, for at vaske sig.

Han skrubbede sig med Sæbe og byttede fra Top til Taa. Alligevel var han ikke vis paa, om der ikke endnu fulgte ham lidt Sildelugt; og saa — ja det skulde bare Randulf vide — saa dynkede han sig med Hodevand, som Lauritz i al Hemmelighed havde kjøbt for ham.

Pyntet, ren og vel barberet med Odderskindet børstet og striglet og Orkanbølgerne, der begyndte at graane, i stiveste Orden frem forbi Ørerne — saaledes fremstillede Kaptein Worse — af Firmaet Garman & Worse sig som Frier over i Bagbygningen.

Der var noget trohjertet ridderligt ved ham, naar han gjorde Kur, som klædte ham godt, og som vilde have taget sig endnu bedre ud, om det havde gjældt Moderen og ikke Datteren.

Men at gifte sig med en halvgammel hellig Enke var noget, som vist aldrig kunde falde den muntre Kaptein ind; og det havde da ogsaa Madame Torvestad for længe siden indseet.

Da hun nu imidlertid havde faaet ham paa Sporet og saa den ungdommelige Iver, hvormed han gik paa, forandrede Madamen sin Metode, blev tilbageholden, kunde slet ikke forstaa hans Hentydninger, og da de blev tydeligere, havde hun de utalligste Indvendinger.

Sara skulde kjøbes dyrt.

Først var der nu den Store Aldersforskjel, — hun maatte tilstaa, den var større end hun havde tænkt, hun havde virkelig ikke troet, at Kaptein Worse var saa høit oppe i de femti.

Dog — det var jo igrunden af mindre Vægt; det vigtigste, det betænkeligste var hans Sjæls Tilstand, hans Eder, hans verdslige Sind og hans Vedhængen ved alt, hvad der er af denne Verden.

Worse indrømmede, han var ikke af Vorherres allerbedste Børn; men saa var han da hellerikke med de værste; han kunde jo forbedre sig.

Ja isandhed maatte han forbedre sig, hvis der skulde blive Tale om at faa Sara; han maatte i mange Maader helt forandre sig.

Worse lovede alt. Det forekom ham, at han maatte kunne udholde et ubegrænset Antal af de længste Opbyggelser, naar han bare fik sidde hos sin Sara og tage hende med sig hjem efterpaa.

Men alligevel stod Underhandlingerne stille. Worse vidste sandelig ikke, om det gik frem eller tilbage. Han var nu aldeles bedaaret og trippede omkring Sara som en gammel Kalkun.

Hvad Sara mente, taltes der ikke stort om mellem Moderen og Frieren; Madame Torvestad „kjendte sin Datter“. Og Jacob Worse — den gamle Galant! —— han indbildte sig, at naar Sara rødmede for hans Blik, ikke turde være alene med ham og afviste hans Foræringer, saa var det de knibske Pigers Maade, som han havde sjunget om og seet nok af baade i Østersøen og i Middelhavet. —

Skjønt Konsul Garman syntes at have saa liden Berøring med Byen, havde han dog sine Følehorn ude; og man vidste saa temmelig god Besked paa Sandsgaard om stort og smaat derinde. Især interesserede Jomfru Birgitte og Jomfru Mette sig for alt — for alt muligt uden Undtagelse.

Saaledes kom det snart Konsulen for Øre, at Jacob Worse gik paa Frieri; og det vakte hans Uvilje og Bekymring.

For det første var det ham absolut imod, at hans Kompagnon indgik i noget nyt Ægteskab, hvilket bare vilde komplicere Situationen. Men dernæst tænkte han med Ængstelse paa, at disse Hellige — han kjendte Familien — aldeles vilde ødelægge hans brave Kaptein Worse for ham.

Konsul Garman hadede næsten de Vakte, skjønt han kjendte overmaade lidet til dem. Men det oprørte ham, at Religionen, der var Menneskene given til Oplysning og Oplærelse i Dyd og fornuftig Dannelse, skulde af nogle aldeles uvidende Fanatikere og Religions-Sværmere misbruges til at forvende og forvirre den gemene Mand, der just mest af alle havde Behov for en sund og praktisk Kristendom.

Derfor lod han strax gaa Baad efter Kaptein Worse, saasnart Jomfru Mette og Jomfru Birgitte havde faaet fortalt i Munden paa hinanden, at Jacob Worse skulde have Datter til den hellige Madame Torvestad.

Da Worse kom, begyndte Konsulen med stor Iver at tale om et Skib, han havde læst var tilsalgs i Bremen. De fik fat i Børsen-Halle, undersøgte Dimensionerne, overveiede Alderen og den sandsynlige Pris og kom tilslut begge til den Overbevisning, at det maatte være et Skib, som netop vilde passe for Garman & Worse.

Den ene blev smittet af den andens Iver; det var ikke ofte, at Konsulen gik saa hovedkuls paa en ny Plan; og før Worse vidste Ord af det, var det en Aftale, at han — Worse — strax — imorgen eller iovermorgen skulde gaa med en Bremerskonnert, som laa paa Udhavn ventende Nordenvind, for at kjøbe Skibet, hvis det svarede til Beskrivelsen og der ellers ikke var noget iveien, derpaa enten seile det hjem til Sandsgaard eller tage en god Udfragt, hvorhen det nu kunde falde sig.

Fuld af Iver og Virkelyst tog Worse Afsked, for at gjøre sig færdig til

Reisen, men først da han sad i Baaden, faldt det pludselig over ham, at han skulde skilles fra Sara.

Det stolte Skib tabte sig, og den udmærkede Forretning blev yderst tvivlsom i hans Øine. Hans Iver blev meget kold, og han sad og fandt op tusinde Indvendinger, mens de roede ham indover Vaagen.

Konsul Garman derimod gned sine Hænder: han havde grebet ind itide. Derpaa satte han sig til at kalkulere og overveie dette Bremerskib; Gud maatte vide, om dette igrunden var nogen god Forretning.

Om Eftermiddagen bemærkede Madame Torvestad, at Worses Piger havde travelt nede i Gaarden med at børste Klæder og banke Reisetøi.

„Skal Kapteinen ud og reise? — Martha!" raabte hun venligt ned fra Svalgangen, som førte rundt Bagbygningen, hvor hun havde sine Værelser.

„Ja!" svarede Martha temmelig mut; Madame Torvestad var ikke yndet af Pigerne.

„Jasaa? — saa det skal han. Ved du hvorhen?"

„Nei! men det skal nok være en rigtig Langtur; — længer end forrige Gang — tror jeg."

Martha havde det paa Følelsen, at det vilde ærgre Madamen; og det havde hun Ret i. Madame Torvestad kom endog i den yderste Bestyrtelse. Imidlertid tog hun alting med Ro, vendte tilbage til sine Værelser og stod en Stund stille, for at betænke sig.

„Sara! — sæt Thekjedlen over. Kaptein Worse vil reise — siger Martha; men jeg tænker, hun tager feil; hvad mener du?"

„Jeg? — Mor!"

Madame Torvestad vilde sagt mere; men Udtrykket i Saras Ansigt var saa besynderligt, at hun opgav det.

Sara er klog — tænkte hun —; det behøves ikke.

Derpaa glattede hun sit Haar, tog Salopen og gik. Hun gik ud Bagveien gjennem Worsesmuget og udenom Huset til Gadedøren, fordi hun ikke vilde gaa over Gaarden, hvor Martha var.

Jacob Worse sad ærgerlig og talte med sin Søhusformand, der var Principalens Fuldmægtig, naar han var borte. Forretningen i Byen var forblevet Worses egen uden at paavirkes af hans Optagelse i Firmaet.

Ligeledes var Sandsgaard med al sin forskjellige Drift derude nu som før udelukkende under Konsulens Haand. Fællesskabet indskrænkede sig i Virkeligheden til visse Grene af Forretningen, hvor Jacob Worses Kapital væsentligen var anbragt — især Skibsrhederiet og hvad dermed stod i Forbindelse.

Da Skipper Worse saa Madame Torvestad, sendte han Søhusmanden

bort og hilste noget forvirret.
„Jeg kommer, for at ønske Dem en god og velsignet Reise — Kaptein Worse!"
„Tak — hm! — mange Tak — Madame, jeg vilde ellers —"
„Bliver det en lang Reise?"
„Ja det er ikke godt at vide. Han vil, at jeg skal —"
„Hvem — sagde De?" —
„Kunselen — Kunsel Garman; han sender mig til Bremen, for at kjøbe Skib."
„Sender?" — sagde Madame Torvestad med et vantro Smil, „jeg troede ikke, at den ene Kompagnon saadan uden videre kunde sende —"
„Kompagnon! — aa ja — ser Del han er jo Kunsel Garman og jeg er Skipper Worse, — anderledes bliver det s'gu aldrig. Og desuden, naar det gjælder at kjøbe Skib, saa er det jo netop noget for mig."
„Det forundrer mig, — ja det bedrøver mig, at De ikke ligesaagodt kan sige mig den sande Grund, hvorfor De reiser bort. Jeg synes, vi kunde ventet det af Dem."
Han stirrede bare paa hende med aaben Mund.
„Thi det maa De vide — Kaptein Worse! — jeg forstaar meget godt, at De ikke reiser, uden fordi De ønsker at komme bort fra det hele."
Hun vilde fortsat i denne lidt truende Tone; men Kapteinen sprang op — ivrig og rød i Hovedet:
„Nei ved De hvad, Madame Torvestad! nu gjør De mig Pinedød stor Uret; — ja undskyld, jeg bander; men hvad der maa til, det maa til; for først har jeg nu ærgret mig og speculeret mig næsten grøn, for at slippe fra denne fordømte Reise; og saa kommer De og siger, jeg farer med Underfundighed og Djævelskab. — Jeg mener, de er galne alle Mand idag;" han trampede omkring i Stuen og kløede sit Odderskind; men Madame Torvestad betragtede ham med Velbehag, og der faldt en Sten fra hendes Hjerte.
Noget nervøst og uroligt, som havde været over hende, da hun kom, forsvandt aldeles og hun lik atter sin almindelige overlegne Tone — saaledes som en Moder bør tale til en tvivlsom Frier.
„Efter hvad vi have talt om i det sidste, nægter jeg ikke, at jeg blev meget overrasket ved at høre om denne pludselige Reise."
„Ja tror De ikke, jeg har tænkt over det? jeg forsikrer Dem — Madame! naar jeg tænker paa, at jeg skal reise bort uden saa meget som sikkert Løfte, saa er jeg nær ved at blive gal. Gid Fanden havde det Bremerskib! — kunde jeg bare finde paa et Paaskud eller en Udvei —"
„Aa — for en tyve Aar siden havde vel Jacob Worse fundet paa en Udvei

i et sligt Tilfælde."

Det var at tage ham paa den ømmeste Side. At nogen skulde tro, han var en gammel Knark, som ikke længer forstod sig paa Kjærlighed, det oprørte ham i høi Grad; og han gav Madamen en Skildring af sine Følelser — saa glødende og aabenhjertig, at hun i al Hast maatte se til at faa ham stanset, for det gik sletikke an.

„Godt — godt-Kaptein Worse! — ja — ja! — jeg tvivler ikke paa det, —" raabte hun flere Gange; „men der skal mere til end den jordiske Elskov, hvor trofast den end kan være. Den Mand, jeg med Tryghed skulde anfortro mit Barn — min Sara, — maatte ogsaa være fast og varigt bunden til hende ved den fælles Kjærlighed i Herren. Og De ved, hvad jeg ofte har sagt: Deres Liv som Sømand er rigt paa Fristelser og lidet skikket til at bære stille Frugter i Omvendelse."

„Ak ja Madam! vi have alle et skrøbeligt Kjød i mange Stykker," svarede Skipper Worse; han haabede, det var et Skriftsted.

„Ja det har vi — Kaptein Worse! nogle mere, andre mindre. Men netop derfor skulle vi sky et Liv, der medfører særdeles Fristelser. Jeg tænker mig, om jeg nu havde givet Dem min Datter, og De saa pludselig var reist lige efter Bryllupet."

„Nei — Madam! det skulde der s'gu ikke blevet noget af; det kan De bande trygt paa!"

„Hvis jeg nu — jeg sætter det Tilfælde, at jeg gav mit Samtykke, tror De da, at Konsul — at Deres Kompagnon tillod Dem at opsætte Reisen?"

„Naturligvis! — naturligvis! det kan De da begribe!" — han blev ganske ivrig ved denne Udsigt.

„Kunde jeg stole paa det?"

„Ja saa Pi —"

„Sværg ikke; jeg vil tro Dem bedre uden. Sæt Dem ned igjen og hør, hvad jeg vil sige Dem. Jeg har i den senere Tid tænkt meget over dette. Der er ligesom en Stemme indeni mig, som vidner, at der er Redning for Deres Sjæl i denne Forbindelse med min Datter. Ja — jeg havde endogsaa efter megen Overveielse og Bekymring tænkt at fastsætte Bryllupet til førstkommende Søndag —"

„Hvad be — hvad siger De?" — raabte han og hoppede af Stolen, „aa Madam! De er dog en Pokkers Kone!"

„Men nu, da jeg ser, at en pludselig Reiseordre kan rive Dem ud af Deres Familie, for igjen at omtumle Dem i Fristelser og Farer, der lettelig — vi vide hvor let! — kunde kvæle de gode Spirer og atter gjøre Dem til et Fortabelsens Barn, nu tør jeg ikke tænke paa, at betro Dem mit Barn — min kjære Sara!"

„Men Madam — Madam! — jeg skal ikke reise, jeg vil ikke reise; jeg gaar lige til Kunselen og siger, han faar sende en anden; jeg sværger Dem til, jeg reiser ikke!“

„Denne Gang maaske ikke; men næste Gang, det falder Deres Kompagnon ind —“

„Aldrig! — faar jeg hende, saa lover jeg —“

Han stansede; gjennem Vinduerne saa han Bramræerne af „Familiens Haab“ ude paa Sandsgaardbugten; og Madame Torvestad smilede lidt surt:

„Lov ikke, hvad De ikke kan holde, og betænk Dem ikke for vor Skyld paa at træde tilbage. Sara er vistnok forberedt; men hun ved endnu intet med Vished; jeg har ikke talt til nogen af Vennerne om det, og selve Bryllupet havde jeg tænkt at feire i al Stilhed — saaledes som Skik er blandt os —, Præsten og et Par af Brødrene. Deres Hus er jo færdigt; — De kunde bare føre hende herind.“

„Jeg lover Dem at forlade Søen fra den Dag, jeg bliver gift med Deres Datter“ — sagde Jacob Worse og rakte sin Haand frem.

Han var kommen til at tænke paa, at han skulde føre Sara ind i sine Stuer og lukke Døren efter hende og bestandigt have hende herinde for sig selv.

Men Madamen sagde: „Det er en tvivlsom Sag. Jeg har hørt om mange Søfolk, som ikke kan forsage Søen, uagtet de ere tilaars, har fuldt op af jordisk Gods og Kone og Børn. Saadant ser man, skjønt jeg kan sandelig ikke forstaa det. Jeg synes tvertimod, Sømanden maatte takke Gud for en rolig Havn efter et stormfuldt Liv.“

„Ja De har Ret Madam! — det er netop saaledes, jeg har det nu. Giv mig Deres Datter, og De skal se, jeg skal forbedre mig i alle Maader — saaledes som De ønsker.“

De gav hinanden Haanden; og Worse vilde strax, at de skulde gaa over til Sara. Men da de gik over Gaarden, hvor Martha fik Ordre til at lægge Tøiet ind igjen, blev han dog lidt betænkelig.

„Hvad tror De, hun vil sige?“ spurgte han sagte.

„Sara vil være tro og kjærlig mod den Mand, som hendes Moder i Bøn til Gud har valgt for hende,“ svarede Madame Torvestad i en tilforladelig sikker Tone, der beroligede ham meget.

Sara hørte dem komme; hun havde ventet dem, og der var intet Spor af alle de Taarer, hun havde grædt. Bleg som altid, med sænkede Øine kom hun ind i Stuen, da Moderen kaldte paa hende.

„Sara! — her staar den Mand, som begjærer dig til Hustru. Jeg har lovet ham paa dine Vegne, at du vil være ham en tro og kjærlig Ægtefælle for

Gud og Mennesker. Ikke sandt? mit Barn! du vil opfylde din Moders Vilje og saaledes adlyde Guds Bud?"

„Ja Moder."

„Saa giver hinanden Eders Hænder i Jesu Navn — Amen!"

Jacob Worse var bevæget; han prøvede at sige nogle Ord om, at han vilde være som en Fader for hende; men da han midt i Sætningen ikke syntes, at det passede, og vilde sige noget bedre, blev der ingen Mening i det, hvorfor han bare pressede Madame Torvestads Haand noget ganske overordentligt. Derimod tog han sin Forlovedes saa forsigtigt, og det kildrede ham at kjende, hvor blød og fin den var.

Den hele Aften opførte han sig meget klodset; men han var saa straalende lykkelig, at han neppe gav Agt paa Udtrykket i Saras blege Ansigt.

Da han kom tilbage til sine Stuer, gik han længe op og ned i lyksalige Drømme; det var Tirsdag — bare fire Dage til Søndag; han vilde pynte op i Huset; der var ikke paa langt nær pent nok.

Længe speculerede han paa, om han skulde flytte sin salig Kones Seng ned fra Loftet; men det endte med, at han besluttede at kjøbe en ny.

Da han var gaaet, sendte Madamen Henriette iseng; Sara vilde gaa med det samme; men Moderen holdt hende tilbage.

„Nu maa du takke Gud for al hans Miskundhed — Sara!"

„Ja — Moder!"

„Vil du ikke ogsaa takke mig?"

Sara taug og rørte sig ikke.

Der gik et Stik gjennem Moderen.

„Sara!" — sagde hun skarpt.

Men da saa Sara op, og i hendes stærke Øine laa der noget, som Moderen veg tilbage for: hun spurgte ikke mere, sagde bare Godnat og dermed gik Datteren.

Madame Torvestad faldt hen i mangeslags Tanker. Minder fra Ungdommen kom op, og de vare ikke gode. Ogsaa hun var bleven givet til en Mand, hun ikke kjendte; han var ogsaa ældre end hun; men havde forstaaet at tage hende paa den rette Maade.

Hun mindedes vistnok Taarer fra den første Tid; men siden var det blevet godt; hun var bleven frelst for verdslig Forfængelighed og letsindige Elskovsdrømme, og saaledes vilde hun ogsaa bevare sine Børn.

Men i dette Blik fra Datteren laa der alligevel noget, der fandt et saart Sted i hende, hvor det borede sig dybt ind som en Braad. Hun, som ellers var saa sikker paa sig selv og sine Handlinger, fik en pinlig Tvivl. Alle de vakte Erindringer og en ubestemt Frygt for, at hun dog ikke kjendte denne stille Datter tilbunds, gjorde hendes Søvn urolig og plagede hende med onde Drømme.

Men Henriette, som hørte Sara hulke, krøb op i hendes Seng og vilde trøste hende.

VIII

Den første Skygge, som trak hen over Skipper Worses Lyksalighed, var Mødet med Konsul Garman, da han skulde ud og melde Forlovelsen.

„Godmorgen — Worse! —" raabte Konsulen imod ham, „nu var han netop her — den Bremer Kaptein, han vilde med Fornøielse tage Dem med; og da han er ganske seilklar, var det kanske bedst, De kjørte ud til Smørvigen idag; — vor Vogn skal hente Dem i Byen, saa kan De være afsted med første gode Vind."

„Ja Tak — Hr. Kunsel! — men — hm!"

„Er der noget iveien?"

„Ja — desværre! — der er kommet noget iveien."

„Nogen Ulykke?"

„Nei — snarere en Lykke," smaalo Worse, det var ligesom han fik lidt Mod ved denne Vending: „jeg vil gifte mig."

„Guds Død!" raabte Konsulen og forglemte sig ganske; „hm! gifte Dem — det kom mig noget uventet; med hvem? — om jeg tør spørge."

„Med Datter til Madame Torvestad; — Kunselen ved, hun bor i mit Hus."

„Saa — jeg vidste ikke — jeg troede ikke, at Madame — salig Torvestad havde nogen Datter af en passende Alder."

„Hun er jo noget ung — noget yngre end jeg," svarede Worse, som blev rød i Hovedet; „men ellers en meget sat og alvorlig Pige."

„Hendes Familie tilhører de Vakte; har Kaptein Worse til Hensigt at blive Haugianer?"

„Nei saamænd om han har," svarede den anden og vilde le; men Konsulens Tone opfordrede ikke til det.

„Nu ja! — det raader De selv for, min kjære Jacob Worse," sagde Konsulen og reiste sig, for at række ham Haanden; „modtag min Gratulation, og gid De aldrig maa fortryde dette Skridt. — Naar skal Bryllupet finde Sted?"

„Paa Søndag!"

„Naa — De har saa skam Hastværk, — ja — ja! — gid De bare aldrig maa fortryde det."

Da han gik, tænkte Konsulen et Øieblik paa at løbe efter ham og give ham en rigtig Beskrivelse efter sit Hjertes Fylde af Haugianerne og alt deres skinhellige Væsen. Men han betænkte sig.

Morten W. Garman var en klog Mand, der ikke spildte sine Ord. Han havde seet nok af Skipper Worse i den korte Samtale, og han var adskilligt bevandret i Kjærligheden og dens mangelunde Symptomer.

Jacob Worse gjenfandt ikke sit gode Humør, før han kom hjem igjen i sine egne Stuer, hvor der forøvrigt var en afskyelig Forvirring af Skurekoner og Alverdens Haandværkere.

Men her gik han omkring lykkelig og straalende; af og til maatte han over i Bagbygningen, for at faa et Glimt af sin Sara. Det var ikke stort, han fik se; thi ogsaa der var Travelhed med Syning og Mærkeblæk, og hun sad altid blufærdigt bøiet over sit Arbeide.

Saaledes tilbragte han Dagene — stundesløs af bare Lykke; Fredag Morgen gik han og morede sig med at gjentage: iovermorgen, iovermorgen!

Han mærkede slet ikke, at hans Venner gjorde Nar af ham og spaaede ham baade det ene og det andet; endogsaa det ubehagelige Møde med Konsulen glemte han. Og hint Skib i Bremen, som de begge havde været saa begeistrede for, det blev — underligt nok — aldrig nævnt senere mellem dem med et Ord.

Søndag blev de viede af Præsten i Madame Torvestads Dagligstue, i Nærværelse af nogle faa af Husets Venner; og om Aftenen blev Sara overgivet til Jacob Worse, som førte hende over i sine Stuer og lukkede Døren efter hende. —

- Endelig kom Skipper Randulf hjem. Worse skyndte sig at træffe ham, og de begyndte strax at buldre og fortælle i Munden paa hinanden. Alligevel var det ikke saa morsomt som det kunde have været. Historierne fra Rio vare jo allerede gamle og desuden var der noget tvungent mellem dem, indtil Randulf endelig gik lige paa og sagde: „Naa gamle Hedning! — du har jo giftet dig — hører jeg — med en af de elleve tusinde kloge Jomfruer?"

„Ja Far! — du kan tro, det er et Stadskvindfolk," svarede Worse og blinkede med Øinene.

„Ja tag dig bare iagt, at hun ikke gjør dig til en slig Smørklat som Sivert Gesvint og de andre."

„Nei — du skal have Tak for Laxen! Jacob Worse har seet Fruentimmer før idag."

„Aa ja ved du hvad — Jacob! med din første Kone synes jeg just ikke, du var saa heldig!"

„Aa — hvad vil du snakke om hende! — hun var jo halvgal. Nei — ser du! — Sara, det er noget andet;" og han begyndte en yderst intim Lovtale over alle hendes Fuldkommenheder — undertiden hviskende, skjønt de sad alene i Skipper Randulfs Dagligstue.

Men Thomas Randulf beholdt et lidet vantro Smil, som hemmeligt irriterede Worse; og jo ivrigere denne blev til at skildre sin Hustrus Fuldkommenheder og sin egen Lykke, desto tvivlsommere sænkede Randulfs lange Næse sig nedover de optrukne Mundviger, indtil Worse blev kjed af det og vilde gaa.

„Aa nei — tag et lidet Glas endnu; har du slig Hast? — Jacob!"

„Ja Klokken er halv tolv, og vi spiser Middag Klokken tolv —"

„Aha! — der begynder det alt!" raabte Randulf triumferende; „nu hænger du alt og dingler i din Kones Klokkestræng. Kanske tør du hellerikke drikke et Glas til; hun kunde mærke det paa dig. Hahaha! jo du har rigtig stellet dig godt — Jacob! mens jeg var borte!"

Følgen heraf var, at Worse blev siddende til halv et og kom hjem lidt rød i Hovedet og fugtig i Øinene.

Hans Kone ventede med Maden; de skulde have fersk Tosk med Lever og Rogn. Hun var meget alvorlig — alvorligere end ellers; og da han prøvede at sige: „Randulf er kommen —" i en munter ubekymret Tone, svarede hun til hans store Fortrydelse: „Ja jeg ser det!"

Men det blev endnu værre, da hun uden at sige et Ord tog Karaffelen bort fra Bordet; han var vant til en Middagsdram.

Imidlertid indlod han sig ikke paa Indvendinger. Randulfs stærke Marsala virkede efterhaanden, og han var ikke saa sikker paa sin Tunge, at han vovede nogen længere Tale. De spiste derfor i Taushed, og han lagde sig som sædvanlig paa Sofaen i Dagligstuen, for at sove Middag.

Ellers sov han en knap Time; men idag vaagnede han ikke før Klokken fem; og han blev ganske forvirret ved at finde sig indsvøbt i et graat Tørklæde; paa Stolen ved Sofaen stod en stor Skaal med Havresuppe.

Han laa stille og betænkte sig en Stund.

Hovedet var tungt og Hukommelsen besværlig og hullet. Han mindedes udmærket godt, at der stod et Par Gutter og lo af ham, da han behændigt hoppede over Trappestenen udenfor Brødrene Egelands Krambod, og at han stærkt havde tænkt paa at opsøge Politimesteren selv, for at melde dem; endvidere saa han tydelig for sig en Karaffel, der fjernede sig og forsvandt i et Skab; men derefter havde han bare et ubestemt lyserødt Indtryk af Toskerogn.

Han vilde stige op; men idetsamme kom Sara ind fra Spisestuen: „Nei — nei! du er syg; du maa blive liggende."

„Aa Snak — Sara! det har ikke noget at betyde. Det var bare, ser du, fordi —"

„Jeg vil hente Mor," sagde hun og gik mod Døren.

„Nei — nei! — hvad skal vi med hende! — saa skal jeg da heller blive liggende, naar du plent vil."

Han lagde sig igjen, og hun rakte ham Havresuppen.

Den smagte s'gu godt i hans slappe, tørstige Hals; han takkede og vilde tage hendes Haand, men fik ikke fat paa den.

Hun stod bagved ham og betragtede hans graa Hoved, og det var heldigt for ham, at han ikke saa hendes Øine.

Skipper Worse laa da den hele Dag paa Sofaen og fandt sig noksaa godt i det — medtaget som han var efter den ubehagelige Formiddagsrus. Men den næste Dag var han kvik igjen. Dog vovede han ikke at spørge efter Karaffelen; den var borte og kom aldrig igjen.

Fra sin Søn Romarino fik Worse et meget ubehageligt Brev. Den unge Herre udviklede, hvilken Daarskab det var at tage en Kone i en saa fremrykket Alder, ligesom han ogsaa temmelig uforbeholdent beklagede sig over det pekuniære Tab, han — Romarino — derved vilde udsættes for.

Worse blev sint og rakte Sara Brevet; hun læste det, mens han gik op og ned i Stuen og brummede.

„Ja du kan ikke vente dig andet," sagde Sara, „det unge Menneske har vel ikke lært bedre hverken af sin Moder eller af dig. Saaledes som I saa, skulle I og høste. — Vil du, at jeg skal skrive til ham?"

„Ja — du skal rigtig have Tak Sara, ifald du vil," svarede Jacob Worse glad; „det vilde være en stor Lettelse for ham."

Overhovedet var det utroligt, hvormeget Sara forstod sig paa, og hvormeget hun fik forandret og sat i Orden i Huset, da hun først tog fat. Det kunde ogsaa behøves; thi der var naturligvis meget Sløseri og Uorden i en Husholdning, hvor der ingen Husmoder var og en Mand, som fordetmeste var fraværende.

I de første Uger efter Bryllupet havde Sara ikke interesseret sig for nogetsomhelst. Da hele hendes halvt udviklede Ungdom, hendes forkrøhlede Ønsker og spirende Haab saaledes med en Gang blev ubarmhjertigen nedtraadt, faldt der ligesom et mørkt Tæppe ned midt foran hende, som skjulte Livet og ikke levnede anden Udsigt end at fries ud af det hele ved en salig Død.

Men en Dag var der vaagnet noget nyt i hende.

Hun kom hjem fra nogle Indkjøb i Byen og traf Moderen ifærd med at rydde op nede i hendes egne Stuer, stillende Stolene tilrette langs Væggene og spredende sine smaa Bøger udover Bordene.

Da Sara traadte ind, sagde Moderen, — og hendes Stemme var ikke fuldt saa sikker som ellers: „Jeg tænker, vi holder Forsamling hernede i dine Stuer; her er dog rummeligere og lysere."

„Har du spurgt min Mand?"

Min Mand! — det var første Gang; og de to Ord lød saa sikkert og solid, at Enken uvilkaarlig fór sammen.

Sara tog sig ganske rolig for at samle Moderens Smaabøger til en liden Houg, som hun lagde paa Stolen ved Døren, stillede et Par Stole tilbage paa sin rette Plads og sagde uden at se op: „Jeg vil ikke holde Forsamling i mit Hus uden at have raadført mig med min Mand."

„Deri gjør du visselig Ret — kjære Sara," svarede Madame Torvestad meget venligt, men Læberne dirrede, „og det var kanske mindre vel betænkt af mig. Jeg haaber, I kommer over til os iaften?"

„Hvis min Mand vil."

Dermed gik Moderen og tog sine Bøger med sig.

Sara pressede sine Hænder mod Brystet; thi saa stille det end var gaaet, saa vidste de dog begge, at det havde været en Kamp, et Oprør, og Datteren havde seiret over Moderen.

Sara blev staaende en Stund og saa henover de solide Mahognimøbler, Gardinerne, Speilene, Nøgleskabet, hvortil hun selv havde Nøglen i Lommen. Hun gik hen og lukkede Skabet op og betragtede de mange smaa og store Nøgler, som hang derinde.

Vistnok havde hun hørt sin Mand sige i sin overstrømmende Lyksalighed: „Se alt dette er nu dit! Du kan gjøre med det akkurat, hvad du vil; og er der noget, som mangler og som du har Lyst paa, saa sig bare til, og det skal være paa Pletten."

Men hun havde ikke givet Agt paa hans Ord. Hvad brød hun sig om det altsammen? — kunde noget erstatte hendes spildte Liv?

Det var først Synet af Moderen stellende i hendes Stuer, der vakte hende, og fra nu af holdt hun sig vaagen.

Det blev snart forbi med „de fælles Indkjøb", som Madame Torvestad i Begyndelsen besørgede for begge Husholdninger; Sara overtog sit selv. Og lempeligt, men ubønhørligt blev Moderens Kongerige atter indskrænket til Bagbygningen og Svalgangen.

Sara var jo flink og vel oplært, og hun havde arvet Moderens Evne til at ordne og styre. Denne havde imidlertid aldrig faaet Lov til at udvikle sig hos hende; Moderen var jo altid over hende, og Sara havde trællet i sin Tjenestepigegjerning — pligttro og gudfrygtig uden anden Interesse for de Ting, hun dog ikke raadede over, end den ikke at slaa noget istykker.

Nu havde hun sine egne Ting, var fri og havde desuden ganske andre

Midler at raade over end Moderen. Den rige Fru Worse, som de begyndte at kalde hende i Butikkerne, var noget ganske andet og betydeligere end Enkemadame Torvestad, og det var Følelsen af dette, som først gav Sara ny Interesse for Livet og smeltede noget af den Kulde, som var begyndt at lægge sig om hende.

Da den første, værste Tid var overstaaet, begrov hun sine Drømme og sin Ungdom saa godt hun kunde i Bøn og Læsning; medens hendes Husvæsen holdt Tankerne borte fra mørke Grublerier.

Jacob Worse var den, som især nød godt af denne Forandring. Den isnende Kulde, hvormed hun fra først af tog imod ham og taalte hans Kjærtegn, havde han en enkelt Gang følt midt i sin Lyksalighed.

Men nu blev hun anderledes mod ham — aldrig kjærlig, neppe venlig; men hun taalte ham dog, gjorde det hyggeligt for ham i Huset, og talte til ham, spurgte ham endog ud om Forretningen og alle hans Anliggender.

Skipper Worse forklarede og blev ikke træt af at undre sig over, at et Kvindfolk kunde forstaa saa godt. Det varede ikke længe, saa kunde hun give ham gode Raad, og tilslut spurgte han hende om alt.

Saaledes gik Aaret, og Vinteren begyndte.

Sara var flittig som før til at søge Forsamlingen. Hos Moderen sad hun ogsaa ofte paa sin gamle Plads ved Bibelen. Hun var smukkere end før; thi hun saa sig friere omkring; ogsaa hendes Dragt var anderledes.

Ikke at hun paa nogen Maade pyntede sig for meget; selv den strængeste Haugianer skulde ikke have fundet noget at dadle. Men Kvinderne, som forstod sig paa det, lagde Mærke til, at hendes Lintøi var af det fineste, som kunde opdrives, hendes Uldkjoler næsten ligesaa kostbare som Silkekjoler, og havde hun en hvid Krave over Kjolen, var det en ægte Knipling til et Par Daler Alenen.

Ogsaa Mændene fandt noget extra ved den unge Kone, og de sagde ofte til sine Madamer: „Se paa Sara! — saaledes skulde I klæde Jer; — saaledes skulde I styre Jert Hus.“ Moderen fik ogsaa megen Ros, fordi hun havde oplært sin Datter saa vel. —

Til Forsamlingeme fulgte Skipper Worse ikke altid med. Naar han en Gang havde bedre Lyst til at gaa i Klubben eller hen til Randulf, sagde Sara ikke noget imod.

Men i Virkeligheden syntes han at befinde sig bedst hjemme. Udover Vinteren, naar Lysene tændtes tidligt, sad han ved Bordet i Dagligstuen med sit Arbeide. Jacob Worse var nemlig ganske nethændt, og i sin Ungdom havde han lært lidt Skibsbyggeri. Og nu havde han fundet paa at bygge sig et lidet Modelskib — halvanden Alen langt —, som han vilde rigge og fuldføre til den mindste Detail efter „Familiens Haab“.

Sara læste høit for ham, mens hun strikkede. Det var Scriver, Johan Arndt, Luther og de andre. Worse hørte ikke stort efter; men hendes Stemme var saa behagelig og hyggelig at høre, og hun var saa smuk, naar Lyset faldt paa hendes rene Pande og det mørke, glatstrøgne Haar.

I Klubben var og blev de ham altfor vittige; selv Randulf var styg til at ærte ham. Jeg ved ikke, hvorledes det var; men det blev igrunden en Skuffelse med Randulfs Hjemkomst. Altid skulde han komme med Stikpiller for dette Giftermaal; selv var han Enkemand; Børnene voxne; den ældste Søn var Skipper og boede i Byen.

En anden Ting faldt ogsaa pinlig for Jacob Worse, nemlig naar Randulf snakkede om, hvorledes de skulde have det paa Fisket iaar. Thi Worse mindedes sit Løfte til Madame Torvestad. Men en Dag lod Sara falde nogle Ord, somom hun var forberedt paa, at han vilde reise som sædvanligt.

„Ja men —" indvendte Worse, „jeg skal sige dig; før jeg blev gift, maatte jeg love din Moder, at jeg aldrig —"

„Jeg ved det; Mor har fortalt mig det. Men det Løfte tog Mor af dig for min Skyld, og derfor løser jeg dig fra det. Du kan gjerne reise, hvis du vil."

Sara havde sagt det samme til Moderen, da de talte om Sagen, enten fordi hun ikke havde noget imod at blive sin Mand kvit for en Tid, eller fordi hun ogsaa i den Ting vilde være uafhængig af Moderen. Saaledes opfattede denne det, og blev mere og mere betænkelig.

Men Worse blev nu meget ivrig til at snakke om alt det, han vilde udrette paa Fisket, og Randulf tænkte i sit stille Sind: nu har han faaet Lov.

Det blev forresten et daarligt Fiske det Aar; Silden stod ujævnt og flyttede hvert Øieblik; Storm og Uveir var der ogsaa. Det vilde ikke gaa for Skipper Worse; den gamle Lykke var gaaet fra ham, Djærvheden ogsaa — mente mange; Worse begyndte at blive gammel var den almindelige Dom.

„Aa ja —" sagde Randulf i Klubben, „naar saa gammel Mand faar saa ung Kone, saa er det Snart forbi; —" og han gjorde en Bevægelse, somom han vred en Klud og slængte den fra sig.

Jacob Worse kom hjem med Gigt og satte sig i Ovnskrogen hos sin Kone. Hjemme var bedst; og til Vaaren da „Familiens Haab" skulde ud paa Langtur, foreslog Worse selv, at hans gamle Skib skulde gives til en af de andre Kapteiner i Firmaets Tjeneste.

Lauritz Seehus rykkede da op til Styrmand. Han havde om Vinteren været oppe i Bergen og faaet sin Navigationsexamen; og før han reiste ud, havde han taget Løfte og Ed for Liv og Død af Henriette.

— Hellerikke næste Vaar gik Worse tilsøs. Han klagede over Gigt og Smerter i Maven; Doktoren kunde ikke vide, hvad det var; men han troede, at der var noget iveien med Leveren.

Imidlertid blev han altmere optaget af sin Kone. Da hans Gammelmands-Svagheder begyndte med Gigt og daarlig Fordøielse, stellede hun saa omhyggeligt med ham, somom hun kunde været hans Datter; og det, at hun tillige var hans Kone, gjorde ham dobbelt lykkelig og taknemlig.

Hertil kom, at i Tidens Løb begyndte al denne Syngen og Læsen omkring ham uformærkt at gjøre sin Virkning paa ham.

Jacob Worse havde altid tænkt sig Vorherre i Stil af Konsul Garman, — en skarp og nøieseende Herre, som dog igrunden var godmodig og grei at komme ud af det med, naar man bare ikke fór med Underfundighed og Djævelskab.

Men nu lærte han noget ganske andet.

Det kunde lidet hjælpe, at han havde været en brav Sømand, aldrig narret nogen norsk Mand — (Tyskere og Svensker sprang han over), at han var retskaffen og gjorde Ret og Skjel mod enhver. Her skulde saa meget mere til.

Mangengang, naar de læste og talte om Omvendelsens Besværlighed, om den svare Nød i Anfægtelsens Time, tænkte han i al Hemmelighed: monstro det er sandt — alt dette?

Haun havde en spansk Tro til Sivert Gesvint, og ikke stolede han stort paa Endre Egelands Anfægtelser; dertil kjendte han dem altfor godt paa Vrangen.

Men Sara — Sara! — hun, som dog var Fuldkommenheden selv i alle Maader, hun sagde, at hver eneste Dag — bogstaveligt hver eneste Dag maatte hun døde den gamle Adam og kjæmpe mod Djævelen i sit eget Kjød.

Dette gjorde ham efterhaanden urolig, og han spurgte, om hun saa svært meget af den gamle Adam hos ham?

Det gjorde hun; og han fik vide mere om sig selv end han brød sig om. Først det, at han bandte; det kunde han nu selv indse var galt; han stræbte ogsaa at holde op; men det var saa indgroet; imidlertid syntes han selv, han blev bedre i den Retning. Men der var saa meget andet ved ham og i ham baade af den gamle Adam — ja af selve Djævelen, at han blev meget ilde tilmode.

Sara vilde, han skulde bede og synge; men det kunde han ikke. Han havde ikke endnu faaet Aandens Frimodighed til at omgaaes med Guds

Ord — sagde hun.

Nei — desværre, det havde han ikke; han ønskede, han havde; det vilde vist gjøre ham godt.

Men naar han saa i Forsamlingen iagttog, med hvilken inderlig Aandens Frimodighed Sivert Gesvint omgikkes med Ordet, hørte hans indsmigrende Stemme hvisle saa smilende og saa fugtigt, og han saa kom til at tænke paa, hvor blodigt han havde snydt ham paa Saltet, da mistede Jacob Worse Lysten paa Aandens Frihed og gik i Klubben.

Dagen efter blev han bestandig behandlet som syg; det hjalp ikke, hvad han sagde, hverken Spøg eller Alvor; Havresuppen og det graa Uldtørklæde kom for en Dag, og hans Kone sad hos ham og strikkede.

Tilslut troede han, — at han var syg, naar hun sagde det.

Det Brev, Sara havde skrevet til sin Stedsøn, gjorde en god Virkning; og da Romarino kort efter kom hjem, for at etablere en selvstændig Forretning, var der et venskabeligt Forhold mellem ham og den unge Stedmoder.

Romarino gjorde lidt Kur til hende i sin Lapsethed; det mærkede hun ikke, ialfald brød hun sig ikke det mindste om det; men det var dog lidt Ungdommelighed i Huset. Og uagtet Jacob Worse nu ikke foretog et Skridt uden efter Samraad med Sara, fik det dog altid Udseende af, at det var den Gamle, som var stridig, medens de Unge holdt sammen.

Men da Romarino var kommen paa egen Haand og var bleven gift med en Jomfru fra Bergen, om hvem man kun vidste, at hun var munter og verdsligsindet, og at hendes Familie ikke hørte til de Vakte, blev Forholdet kjøligere. De unge og de gamle Worses havde ikke Interesser fælles og saaes kun yderst sjeldent. Romarino kjøbte sig et Hus, og slog svært stort paa. Gamle Worse rystede paa Hovedet.

— Det varede en Tid, inden Madame Torvestad forstod, at hun havde taget fuldstændig feil af sin Datter. Men lidt efter lidt gik det op for hende, at her var aldeles ingenting at gjøre. Lige fra det Blik, hun havde faaet Forlovelsesaftenen, var Sara gleden ud af hendes Herredømme, og steg med et frem som hendes Lige, ja — snart blev Madame Torvestad reduceret til at være Fru Worses Moder.

Klog som hun var, skjulte hun sin Skuffelse. Men hun lovede sig selv, at saaledes skulde det ikke gaa med Henriette; hun skulde have en Mand, som Madame Torvestad var sikker paa at kunne beherske, og selv skulde hun holdes under Tugt ganske anderledes end før. Til en Begyndelse skulde det arme Barn lære at sidde ved Bibelen paa Saras Plads, naar hun ikke var der.

— Fra Hans Nilsen Fennefos kom der i et Par Aar kun sparsomme

Efterretninger. Han sagdes især at færdes nordpaa, længer nord end han nogensinde havde været før, — helt oppe i det svarteste Finmarken — sagde nogle.

De Ældste fik af og til et og andet at vide; men det blev ikke meddelt i Forsamlingen. Spurgte nogen efter Fennefos, fik de til Svar, at hver maa passe sig selv — eller at Herrens Veie ere usporlige.

Det var nemlig ikke glædeligt, hvad Vennerne rundtomkring vidste at berette om Hans Nilsen.

Han, der før var gaaet fra Bygd til Bygd som et elskeligt Fredens Sendebud, han efterlod sig nu Uro og Forskrækkelse. Der fortaltes, at han gik frem som et Herrens Veir over Landet; hans Tale var som Ild, mange blev syge paa Sindet af at høre ham, — ja en ung Pige sagdes endog at have taget Livet af sig for hans Tales Skyld.

Præsterne begyndte at befatte sig med ham i deres Indberetninger; hans gamle Ry for Maadehold og Sagtmodighed blev beskjæmmet og de Vantro triumferede og raabte: Se — se! — han ogsaa!

Der var megen Bedrøvelse mellem alle de Vakte, hvor disse Tidender naaede frem, og efterhaanden trængte de jo ud blandt Folk, hvormeget end de Ældste prøvede at dække over. Mange skrev til ham, og bad ham saa bønligen at komme sydover igjen; de mente, naar han traf de gamle Venner, vilde hans Aand atter opklares.

Men han kom ikke, og tilslut var hele Landet fuldt af den voldsomme Lægprædikant, der drog syngende gjennem Sneen fra Hytte til Hytte med Følge af blege Mænd og Kvinder med løst Haar, der græd og skreg og sønderrev sine Klæder.

Da bad de Ældste Madame Torvestad om at skrive et Brev til ham.

Den næste Dag overleverede hun dem et forseglet Brev. Det var imod Reglerne; men Omstændighederne vare ogsaa usædvanlige, og der blev ikke gjort Indvendinger. Brevet blev afsendt om Høsten, og udpaa Vaaren rygtedes det, at Hans Nilsen trak sig sydover.

Men Brevet havde Sara skrevet; Moderen havde selv bedt hende derom.

IX

Garman & Worse havde nogle heldige Aar. Som en Strøm af friskt Blod løb Jacob Worses Penge ind i den hensygnende Forretning, fordelte sig udover Lemmerne og gjorde hele Organismen sund og stærk. Og det varede ikke længe, før Firmaet havde gjenvundet hele sin Glans baade hjemme og ude.

Konsulens Ansigt blev igjen glat og ubekymret, og hans Skridt lød raske og ungdommelige, naar han steg op ad den brede Trappe, for at se til de fremmede Arbeidere, han havde ladet komme fra Kjøbenhavn, for at dekorere Selskabsværelserne ovenpaa.

Til Vaaren skulde Christian Fredrik komme hjem; hans Uddannelse i Udlandet var fuldendt, naar han nu havde tilbragt den sidste Vinter i Paris.

Konsulen glædede sig meget til at faa sin Søn hjem — især nu, da han med Stolthed kunde vise ham, at Huset var vel ved Magt og Forretningen i høi Grad blomstrende.

Der var bare dette ene med Worse. Konsul Garman forbandede i sit Hjerte Haugianerne og alle Hellige mere end nogensinde. Det var gaaet som han frygtede: de havde aldeles ødelagt Skipper Worse for ham.

Det samme mente Jomfru Birgitte og Jomfru Mette. Vistnok kom han i den første Tid efter sit Ægteskab oftere ud til Sandsgaard og prøvede at være ganske som før.

Men det duede ikke; han kunde ikke længer finde Tonen, og paa begge Sider føltes det pinligt, at de gode gamle Dage vare forbi for bestandigt.

Kun en eneste Gang havde Fru Sara Worse været paa Sandsgaard. Konsulen gav en stor Middag til Ære for de Nygifte.

Med nedslagne Øine sad hun ved Siden af Konsul Garman ved det straalende Spisebord omgivet af alle de høie Herrer og Damer, som hun kun kjendte fra Gaden eller fra Kirken. Rundt omkring hende lød Spøg og Latter og en lystig Larm, som hun aldrig i sit Liv havde hørt Mage til; — skjønt man den Dag ialfald indbildte sig, at man lagde Baand paa sin Munterhed af Hensyn til den unge Frues bekjendte Religiøsitet.

Jacob Worse derimod, som var vant til dette, og som var godt ligt af alle, sad saa inderlig fornøiet og vilde nikke til sin Kone. Men hun løftede neppe sine Øine under hele Maaltidet; og da de kom hjem — Worse maatte finde sig i at kjøre —, sagde hun til ham, at hun kjendtes, somom hun havde været i Helvedes Forgaard.

„Aa nei — Sara! — hvor kan du dog sige det? — det er saamænd brave, godmodige Folk allesammen."

„Ja du forstod vel, at de bare gjorde Nar af dig?" sagde hun skarpt; thi saaledes havde hun opfattet det, naar Byfogden eller en af de andre udbad sig den Ære at drikke et Glas med den gamle Kaptein og den unge Brudgom.

Hun kom der aldrig mere. For det første var hun klog nok til at indse, at hun aldrig vilde faa Fodfæste i den Kreds; men for det andet var der virkelig for hende, som fra Barndommen ikke havde hørt andet end alvorlig og gudelig Tale, noget ligefrem djævelsk ved disse glade sorgløse

Mennesker, der lo høit, mens de drak den farlige Vin. —

Konsul Garmann bebreidede bestandig sine Svigerinder, at de ikke tidligere havde givet ham Underretning om Skipper Worses Maskepi med Haugianerne. Han mente, han skulde nok kureret ham, havde han bare faaet ham under Behandling, før Sygdommen havde taget Overhaand.

Imidlertid lod det dog til, at Worse var fornøiet; og det var jo godt, saalænge det varede. Men paa Sandsgaard savnedes han; og da han trak sig tilbage fra Søen og overlod „Familiens Haab" til andre, opgav Konsul Garman ham ganske som spoleret og ødelagt.

Konsulen var da endnu mere ensom end før, og ofte vandrede han i melankolske Tanker op og ned i den brede grusede Vei foran Havepavillonen.

Den laa ved en Dam, rundt hvilken der voxede en smuk Krands af Siv. Dammen maatte for have været meget større; for Konsulen kunde mindes fra sin Barndom, at der havde været Vand paa begge Sider af Lysthuset og en Bro, der kunde leftes op.

Der stod endnu et halvklart Minde for ham om nogle Damer i en blaa og hvid Baad, og en lang Mand i red Silketrøie, som stod i Forstavnen med en Aare.

Nu var Dammen saa liden, at det vilde være latterligt at have Baad i den. Konsulen speculerede mange Gange over, hvorledes det kunde hænge sammen, at en Dam saaledes Aar for Aar kunde minke. Det var vel Sivet, som groede over; og han paalagde hvert Aar Gartneren at holde Øie med Sivet; men det hjalp ikke.

Haven var oprindelig anlagt i ren fransk Stil med brede retvinklede Gange, tætte store Hækker og Alléer eller bittesmaa Dukkehækker af Buxbom. Med visse, regelmæssige Mellemrum var der en Runding, hvor fire Veie mødtes; der stod Bænke omkring og i Midten en Solskive eller en Mindestøtte eller noget sligt.

Men i Udkanten af Haven især mod Nordvest var der plantet tæt af Træer ligesom en bred Ramme omkring det hele. Det var simple, indenlandske Træer, som skulde beskytte den fine, franske Have med de fremmede Væxter og Blomster mod den kolde Vind fra Havet.

Pavillonen med Dammen laa vestenfor Hovedbygningen; og skjønt det igrunden ikke var mange Skridt, blev den dog i gamle Dage anseet som et Slags Trianon, hvortil man begav sig for at drikke Kaffe eller høre Musik. Det sirlige Tog bugtede sig da fremad paa de sindrigste Omveie — over Broen og rundt Dammen, eller man steg i Baaden og lod sætte over i tre Aaretag under utallige Komplimenter og Vittigheder.

Alt dette kunde Morten Garman godt huske fra sin Ungdom. Han havde selv prøvet at holde Liv i de gamle Skikke og Manerer; men det var kun halvveis lykkedes ham. Menneskene forandredes, Dammen groede til; — ja selv hans Faders sirlige Have truede med at gro over.

Paa begge Sider af den brede Grusgang, som førte til Pavillonen, løb der en Hæk saa tæt, at unge Damer til Gartnerens store Fortrydelse pleiede at sætte sig i den, og med regelmæssige Mellemrum stod der sex klippede Pyramider af Buxbom. Her var det, Konsulen yndede at vandre op og ned; her var al den gamle, sirlige Stivhed bibeholdt.

Men i Haven forresten begyndte der at se broget ud. De simple Træer, der vare plantede, for at give Ly, begyndte nu, da de havde faaet tykke Stemmer og stærke Rødder, at brede sig for egen Regning, og da de ingen Vei kunde komme udover mod Nordvesten, sendte de lange Grene indover Haven, henover de retvinklede Gange og de snorlige, smaa Dukkehækker af Buxbom.

Det var en Samling unge Bøgetræer, som begyndte Oprøret. I flere Aar havde de staaet næsten stille. Nordenvinden blæste Toppen af dem og bøiede dem og alle de andre Træer indover, saa at de saa ud, somom de vare klippede skraat af med en Sax. Men da de saa endelig havde samlet tilstrækkelig Kraft nedentil, begyndte de at brede sig udover, voxte indpaa hinanden og paa de andre Træer, kjæmpende om hver Solstraale og skinnende af Sundhed og Saft.

De andre Træer gjorde ligedan; ja selv de beskedne Hyldebuske, som stod yderst langs Gjærdet, og som i de første onde Aar havde baaret al Elendigheden med Nordenvinden, selv de fik Magt og prøvede at løfte sine runde Kupler i Høide med de unge Rognbærtræer og Popler, som stod indimellem.

Baade Konsulen og Gartneren vare paafærde; men de udrettede ikke stort. Fra alle Kanter brød der en simpel Frodighed ind over den tørre, sirlige Have. Indunder Træeme vilde Hækkerne ikke trives længer, de skjød Vandskud eller tørrede væk; skikkelige Buskvæxter, der før havde været klippede som smaa Puder, boblede sig op til store Hølæs; Gange, som før vare rummelige for to, pressede sig sammen, saa at én knapt kunde komme frem.

Det var ikke Gartnerens Skyld; men Anlægget var naaet saa vidt, at det gik over fra Have til Park; og der havde ikke været anden Mulighed for at bringe det tilbage til det oprindelige franske Mønster end at fælde Træerne og begynde fra nyt af.

Men det kunde jo ikke gaa an; mange fandt det endogsaa smukkere nu end før med de høie Træer. Men ikke Konsulen; han saa med Beklagelse, hvorledes hans egentlige Have hvert Aar mere svandt ind, til han ikke havde andet igjen end den brede Grusgang med de sex Pyramider foran Pavillonen.

Naar han vandrede her i de lyse stille Sommeraftener, kunde han mellem de oprørske Træer skimte den rødgule Aftenhimmel, der endnu kastede sine Farver over Sandsgaardbugten og vestud mod Havet, hvor Vandlfaden laa som Glas, der bølgede i lange Tværstriber,

Han kom til at tænke paa den herlige Udsigt over Havet, man i fordums Tid havde havt fra Taget paa Havepavillonen. Nu var det forbi med den. Det gik med Haven som det gik med Byen; den groede op og groede over, saa hverken det ene eller det andet var til at kjende igjen.

Paa Bagsiden af Pavillonen var der en hemmelig Dør i Panelet, hvortil Konsulen bestandig bar Nøglen i Lommen. Mange smaa Minder om galante Eventyr kom myldrende ud, naar han nu paa sine gamle Dage en sjelden Gang aabnede den lille Bagdør. En Vindeltrappe førte til Kammeret ovenpaa. Trappen var trang; nu skulde han vist have vanskeligt for at komme op; — men i Ungdommen — Herregud! hvor let fløi man ikke op og ned.

„Le nez — c'est la mémoire“ — sagde han med et bon mot af sig selv, idet han indaandede den indeklemte Lugt af gammelt Mahognitræ, og nynnende vandrede han op og ned i den lille Rest af sin Ungdoms Have, stillende sine smukke Ben forsigtigt og elegant, drømmende, at han var i Sko med hvide Silkestrømper. —

Men paa Veien udenfor stansede en Vandringsmand og saa udover Fjorden.

Det var den bekjendte Lægprædikant Hans Nilsen Fennefos. Høi, mager, med en skarp Glans i de lyse Øine stod han stille og faldt i Tanker — lænet op til Portstolpen ved en liden lukket Udgang i Havegjærdet.

Paa Ryggen bar han den store Skræppe, hvori han førte sine Bøger og Traktater; han var støvet og træt efter en lang Dags Vandring i Solskin.

I tre Aar havde han ikke været paa denne Kant af Landet, og meget var foregaaet med ham siden dengang.

Da han erfor, at Sara var bleven gift med Skipper Worse, fik han et voldsomt Slag eller Stik indvortes, en legemlig Smerte, som næsten kvalte ham. Han forstod da med en Gang, at han alligevel var fangen i en Kjærlighed til denne Kvinde, mod hvilken hans Kjærlighed til Brødrene — ja hans Kjærlighed til Gud var bleg og for intet at regne.

Han forfærdedes over sig selv og kastede sig i Støvet i Anger og Bøn. Og som han nu syntes, at ingen Straf eller Bod var haard nok for saa stort et Bedrag, saa stor en Brøde, blev han ogsaa stræng mod andre; og han begyndte med brændende Iver at prædike Bod og revse Synderne i Ord haardere end nogen havde brugt før ham.

I tre Aar stod han i denne heftige, umiddelbare Kamp mod Synden i sig og om sig, og imens fik han sit Hjerte bøiet, fik udrænset den syndige Kjærlighed, og det blev ham klart, at baade han og Brødrene hidtil havde udvist altfor liden Strænghed baade i Liv og Lære.

Derfor fulgte han ogsaa Kaldet og kom sydover. Hans Følelser, da han læste Sara's Brev, var Medlidenhed mod hende og alle Brødrene paa den Kant, som blindt vandrede i sine Synder og i sin Egenretfærdiglled.

Men paa sin Vandring sydover gjennem venligere Egne, blandt Folk, som kjendte ham fra før og som kom ham imøde med kjærlig Bekymring, kunde det ikke være anderledes, end at hans Sind uvilkaarlig mildnedes noget. Og da han gik gjennem Sandsgaard, maatte han uvilkaarlig stanse, overvældet af alle de Minder, der vaagnede ved Synet af den venlige Bugt og Kirketaarnene i Byen, som han allerede kunde se.

Hans Nilsen ransagede endnu engang sit Hjerte; men han fandt ikke andet, end hvad der burde være. Sara var for ham en Søster eller en Broder; hun var en anden Mands Kone, og han vilde ønske, at hun var lykkelig.

Men før han gik videre, kom han til at se ind over Gjærdet; og mellem Grenene opdagede han Konsul Garman, som gik og spadserede.

Fennefos kjendte ham, og hans stærke Sind vaagnede igjen ved Synet af denne uomvendte gamle Mand, der vandrede derinde saa tryg i sine Synder, midt i al sin Rigdom, omgiven af Øienslyst og Kjødslyst, — vandrede med aabne Arme lige ind i Helvedes Pøl og Pine.

Han greb om sin Stav og gik videre; de skulde faa føle derinde i Byen, at Hans Nilsen Fennefos var vendt tilbage.

Imidlertid veg det sidste Skjær af Aftenrøden, og Himmelen blev lysegrøn langs Horizonten; en kold Vind svingede med de lange, seige Bøgegrene, og Konsul Garman gik ind.

Og Haven laa stille og groede over af Træer og Buske og forvildede Hækker. Tætte Kroner hvælvede sig udover, trængte hinanden, kjæmpede sig frem eller døde ud og forkrøblede i Skyggen under Vanddryppet fra de andre. Og høit oppe og lavt nede skjød Grene ud, bestandig indsnevrende den lille Plet omkring Pavillonen, hvor Dammen blev mindre Aar for Aar.

Men naar man bøiede Grenene tilside og trængte ind i det forvildrede Krat, kunde man endnu se Spor af de retvinklede Gange og af de smaa klippede Dukkehækker. Det var mørkt og fugtigt, glat af grøn Moss og en gammel uddød Lugt af Buxbom, som raadnede.

X

I den lave, gammeldagse Stue hos Sivert Jespersen blev der dækket langt Bord. Det var god Damaskes Dug og Servietter; men simple Knive og Jerngafler. Hist og her med store Mellemrum stod en Flaske Medoc, ellers var der Vand, Salt og Brød paa Bordet — og ingenting mer.

Alligevel var Værten bange for, at det kunde være for overdaadigt. Til Hverdags var han vant til at spise paa Voxdug, tage Poteterne af Fadet med Fingrene og skrælle dem med sin Lommekniv. Og Selskabet idag blev givet til Ære for den hjemkomne Hans Nilsen; man kunde ikke vide, hvor stræng han var bleven.

De Ældste havde bestemt det saaledes, at først skulde Fennefos indbydes til en snevrere Kreds af de fortroligste og paalideligste Brødre og Søstre, forat det kunde aabenbares, hvad der boede i ham. Det var ikke værd at lade ham tale i Forsamlingshuset med en Gang. De var igrunden bange for ham, og alle havde lidt ond Samvittighed.

Fennefos havde været tre-fire Dage i Byen; men man havde ikke seet stort til ham. Han holdt sig mest hjemme og samtalede med Madame Torvestad. Over i Hovedbygningen hos Worse havde han ogsaa været.

Da de mødtes første Gang, var de alene, og da Sara løftede sine mørke Øine paa ham, kom der en Skjælven i hans Stemme. Men han vandt det strax over og talte videre rolig og alvorlig uden at se stort paa hende.

Sara sagde næsten ingenting; hun bare lyttede til hans Stemme.

Skipper Worse kom ind og bød Hans Nilsen hjerteligt velkommen; men den anden studsede ved at se, hvor gammel han var bleven i disse Aar; Munden var saa slap og Farven saa gul.

De talte om Selskabet, som skulde være næste Dag hos Sivert Jespersen, og Worse gik frem og tilbage og strøg sit Odderskind; det var klart, at han havde noget paa Hjerte.

„Hm! hm!" — sagde han et Par Gange, naar der blev en Pause i Samtalen mellem de to; „det er den 24de Juni imorgen, ja saamænd er det saa; hm! hm! Sankt Hans Aften — jaja — det er det!"

„Er Sankt Hans Aften nogen Mærkedag for Skipper Worse?" spurgte Fennefos; han vilde gjerne være venlig mod hendes Mand.

„Mærkedag! — aa ja — ja! det skulde jeg tro — Hans Nilsen! - i mange — mange Aar! — det er Randulfs Fødselsdag — ser De! — og ligesiden vi var Gutter — aa ja ja! — det er ikke noget at snakke om; det er forbi med de Tider."

„Saa vilde I vel kanske heller være sammen med Skipper Randulf imorgen end gaa til Sivert Jespersen?"

„Det er en Skam at tilstaa det; men det vilde jeg rigtignok heller."

„Jeg tænker ikke, nogen vil vredes paa dig, om du ikke kommer til Sivert Jespersen," sagde Sara; — efterat hun havde gjenseet Fennefos, var hun glad ved at blive sin Mand kvit for en hel Dag.

Jacob Worse blev glad som et Barn over denne uformodede Vending og skyndte sig afsted til Randulf, for at melde, at han havde faaet Lov til at komme.

De to sad igjen alene, og der blev en liden Pause.

„Er din Mand ikke frisk?"

„Nei! — han er syg; jeg tror, han har et Tilfælde indvortes."

„Du mener til Legemet! jeg tænkte paa Sjælen. Er han endnu i sine Synder?"

„Jeg frygter for det — Hans Nilsen! Ordet faar ingen Magt i ham."

„Har du prøvet at hjælpe ham? — Sara!"

„Ja — jeg har prøvet; men jeg ser ikke megen Frugt af det."

„Kanske har du ikke prøvet paa den rette Maade. — Han har været en stærk Mand, kanske skal der stærke Midler til at bøie ham."

Hun vilde spurgt ham mere om dette; men de blev afbrudt af Madame Torvestad, som kom, for at hente Fennefos. De skulde efter Aftale hen og se paa et Asyl for Pigebørn, som Haugianerne havde oprettet.

Sara fulgte med, hvilket Moderen kun ligte saa maadeligt. I den senere Tid havde hun været saa meget stillet i Skyggen af Datteren, at hun nu af al Magt bestræbte sig for at beholde Fennefos for sig selv.

Imidlertid lod hun meget glad, og de gik alle tre afsted. Sara følte en eiendommelig Glæde ved at gaa sammen med ham; skjønt han hele Tiden bøiede sig imod Moderen, der dæmpet fortalte ham et og andet om dem, de mødte.

Men da de kom hjem igjen, sagde Hans Nilsen Farvel til Madame Torvestad udenfor og fulgte ind med Sara i hendes Stuer.

De talte længe sammen, og Sara fortalte om Brødrene og satte ham ind i alt, hvad der var forefaldet under hans Fraværelse. Da hun snart mærkede, hvorledes han nu saa alting strængere og mørkere end før, lededes ogsaa hun i sin Fremstilling til at give det hele et værre Præg. Hun fortalte om den store Lunkenhed blandt dem; den stygge Begjærlighed efter jordisk Gods; hvorledes de af syndig Forfængelighed eftertragtede at ansees af Menneskene, og hvorledes de lod sig smigre og besnakke af de unge Præster, der vilde trænge sig ind i deres Velgjørenhedsanstalter og deres Hedningemission.

Fennefos hørte paa hende og takkede hende, da hun var færdig.

„Men du — Saral hvorledes har du det?“

„Tak — Hans Nilsen! —“ svarede Sara og saa op paa ham; „af mig selv formaar jeg intet! men Herren har været min Styrke, saa at jeg tør sige, at jeg nu har det godt.“

Han vendte sig hurtigt og sagde Farvel.

Ved Middagen den følgende Dag hos Sivert Jespersen var der stille og forventningsfuldt. Alle gav nøie Agt paa Hans Nilsen, der sad ved Siden af Sara — alvorlig og faamælt, som han havde været, siden han kom.

Før Suppen blev der læst Bordbøn af en gammel hvidhaaret Mand med blaa Hænder — han var Farver, og derpaa sang de: „Synge vi af Hjertens Grund.“

Der skulde været Lax efter Suppen; men Værten var i sidste Øieblik bleven betænkelig og havde til Kogekonens store Forargelse forbudt at sætte den frem. Der kom derfor bare Lammesteg, hvoraf der fortæredes meget. Kogekonen havde til Stegen tilladt sig at servere Salat — noget, som de fleste aldrig havde seet før. Og en af de Gamle sagde derfor halvt spøgende: „Hvadforslag?— skal vi æde Græs, hvorsom Kong Nebukadnezar?“

De lo lidt af dette, og Madame Torvestad greb Anledningen til at fortælle, at da hun var i Gnadau i sin Ungdom, fik hun næsten ikke andet at spise end saadant Græs og andre Grønsager.

Derfra førtes Talen hen paa Brødremenighedens forskjellige Indretninger, paa dens ledende Mænd, og derfra kom man til at tale om de gamle fromme Lærere og Prædikanter, som i forrige Aarhundrede havde vakt nyt Liv blandt de Kristne i Tyskland.

Hans Nilsen Fennefos taug eller talte halvhøit nogle Ord til Sara. Men mange blev nu livlige ved at tale om disse Emner, som interesserede dem alle, og hvorom de fleste vidste god Besked. Madame Torvestad var især ivrig; det var netop i disse Ting, hun var hjemme, og hun lod aldrig nogen Leilighed gaa unyttet til at fortælle om de Mænd, hun i sin Ungdom havde hørt saa meget om.

„Ja visselig,“ sagde Sivert Jespersen, „der er os mangt et velsignet Ord opbevaret fra Johan Arndt, Spener og Francke. Ogsaa iblandt Herrnhuterne har der senere været mange fromme Guds Mænd.“

„Vi kunne lære noget af dem, og de kunne lære noget af os,“ sagde den gamle Farver.

„Jeg læste netop idag i en liden Bog, jeg har, om et Syn, som en from Mand af Franckes Venner havde. Senere erfor denne Mand, at Francke døde just i samme Stund, som han havde Synet;“ — idet Madame Torvestad sagde dette, fremtog hun af sin Lomme en af sine evindelige

Smaabøger; og Sivert Jespersen bad hende, om hun vilde læse om den Aabenbaring, hvis det var den Bog, hun havde.

Det var den; og hun havde taget den med sig, fordi hun og de Ældste vare komne til det Resultat, at man burde forsøge lempeligt ved blide Ord at fremkalde et livsaligere og mere fortrøstningsfuldt Sindelag hos deres kjære Ven og Broder Hans Nilsen.

Man lavede sig til at høre efter. De fleste havde spist; men enkelte af Mandfolkene tog sig endnu et Stykke Steg og spiste stille, mens hun læste. Stemningen blandt dem begyndte at blive lettere, og de saa frimodigere hen paa Fennefos.

Madame Torvestad læste godt uden at betone fremmede Ord galt saaledes som de andre, der vare mindre vel oplærte fra Barndommen.

„Endelig kom den Tid, da Elias — herved menes Francke — skulde tages bort; — det var i Aaret 1727. Udaf mit Mørke fik jeg et klart Syn at se i de Saliges Boliger. Jeg saa den store Fredsfyrste, omgiven af en utallig Skare af Frelste, med smilende Mund at tiltale dem saaledes: Min Faders Velsignede! I elske mig og jeg Eder; vi frydes af hverandre. Og nu har vi en ny Gjenstand for vor Fryd. I dette vort nye Jerusalem skulle vi imorgen feire en Glædesfest. En stor, en høit benaadet Sjæl skal da bekomme min Krone. Han er nu ifærd med at aflægge sin jordiske Hytte.

Strax raabte hele Himmelen med største Høiagtelse; Amen! — Amen! Men hvem? — spurgte den ene den anden — o hvem — skal denne ny ankomne og høit benaadede Ven være?

Min Opmærksomhed faldt nu i Særdeleshed paa trende, der vare de værdigste Oldinge og høit saligt smykkede med Kroner og renskinnende Silke i Over-Engelens Pragt. Hvem er den? — den? — den? — spurgte mit Hjerte et Øieblik. Og strax gjenkjendte jeg dem: det var Luther, Arndt og Spener.

„Brødre,“ sagde Spener, „tro I, at jeg kan gjætte, hvem vor Konge mener med den salige Ven, som Morgendagen skal forklare? Sikkert maa Francke være den, som nu skal krones; fordi han har redeligen kjæmpet.“

Saa talede den kjære Philip Jacob; og Frelseren, som idetsamme stod nær hos ham, svarede smilende: „Du sagde det.“

I hele Himmelen gjordes herover glade Klapninger med Hænderne.

Saa kom den salige Dag, som Franckes Sjæl saa længe havde sukket efter. En stor Skare af de salige Tjenesteaander, som allerede stod beredt og længedes efter at udføre sin Konges Ærinde, fik idetsamme Vink fra vor Forløser til at afhente Franckes Sjæl. Himmelens Porte aabnedes, — Israels Vogn og dens Ryttere i deres sædvanlige Pragt fore ned, for at hente Eliam.

Med den helligste og blufærdigste Forsigtighed skred Francke igjennem det evige Zions Porte, og idetsamme vendte Frelseren sig til sin Førstefødte: „Se“ — sagde han — „se min Francke! Se hvor denne Sjæl med sine store Gaver og gyldne Stykkers Pragt dog allersaligst glimrer i sit ukunstlede Hjertes Ydmyghed.“

„Men kom — min August Herman!“ — vedblev Kongen; „kom min udkaarede Søster. Tag dit Æressæde paa min høire Side.“

Men som han nu mærkede, at Kongen selv kom ham imøde, kastede Francke sig i Øieblikket med den sirligste Ærbødighed ned for hans Fødder og kyssede hans Klædebon.

Zions Konge skyndte sig nu at opreise sin Brud og gav hende Fredens Kys.

— Ak! — at jeg havde kunnet se og høre mere! men nu sluttede mit Syn, da Frelseren tog sin rene Brud ved Haanden og førte hende til sin Fader. Did kunde og turde mine svage Øine ikke følge dem.“ —

De fleste gav sit Bifald tilkjende ved Smil og Nik; men en og anden saa dog betænkelig ud. Sivert Jespersen angrede, at han ikke itide havde truffet nøiagtig Aftale med Madame Torvestad.

Vel var hun en forstandig Kone, til hvem man nok kunde betro at styre en Sag, selv om den var noget vanskelig. Men dette var netop hendes svage Punkt, og Sivert Jespersen vidste kun altfor godt, hvormeget Fennefos havde imod det Slags overspændte Henrykkelse. Imidlertid sad Hans Nilsen med det samme rolige Ansigt; — kun talte han ikke mere, men syntes hensunken i Tanker.

Blandt de andre derimod begyndte der at røre sig en stille Munterhed. Den sure Medoc blev drukket forsigtigt i lyserøde Portioner med Sukker og Vand, nogle drak hjemmebrygget Tyndtøl, de fleste bare Vand.

Men det kjærlige og broderlige Sindelag, som bandt dem sammen, strømmede over hos mange; de smilede til hinanden, klappede hinanden paa Skulderen eller Kinden. Lidt efter lidt glemte de Ængstelsen for Hans Nilsen, og de glædede sig bare over at se ham igjen, om han end sad saa taus iblandt dem. Ingen kunde jo vide, hvad Prøvelser Herren havde sendt ham; naar hans syge Sind var lægt, vilde han ogsaa faa Frimodighedens Naadegave som før.

Da lød hans Røst med et blandt dem, og der blev pludseligt ganske dødsstille.

„Hjerteelskede Søskende! Kaldte og Udvalgte i vor Herres Jesu Christi Fred i Gud, Retfærdighed og Hellighed med Visdom i Sagtmodighed, af den ægte Kjærlighed og Ydmyghed, der er lutret formedelst den Helligaands Ild eller Faderens Revselse, — han kalde, oplyse, overgyde, drive og fuldkommen berede Eder til den evige Herlighed! — Amen!"

De kjendte Stemmen, mange endogsaa de underlige gammeldagse Ord; det var Hauges egen Hilsen fra et af Brevene; og baade den ene og den anden af Brødrene tænkte: nu kommer det! I Begyndelsen talte han stille — næsten vemodigt om „den første Kjærlighed"; han mindede om, hvorledes selv Hauge havde bekjendt i sine senere Aar, at den første Kjærlighed ikke engang hos ham brændte som i de første Naadens Dage.

Dernæst skildrede han Brødrenes Trængsler i de onde Dage; han priste og lovede Gud, at han havde været stærk i Fædrene, saa at Flammen ikke sluktes, men blussede klart over det ganske Land.

Men saa kom han til Brødrenes Trængsler i de gode Dage, og alle bøiede Hovedet: nu kommer det.

Og det kom over dem som et Uveir, Slag i Slag faldt hans Ord ned iblandt dem — snart her snart der, overalt paa ømme Punkter; enhver vidste, hvem der var ment med hvert Ord, og ingen saa paa hinanden. De fik ikke Tid til at undre sig over, hvor han vidste alt dette fra; thi ingen Tanke kunde komme nogen anden Vei, end han førte.

„Hvad er der vel nu igjen!" — raabte han, „hvad er der nu igjen af den første Kjærlighed iblandt Eder? — mon han vilde gjenkjende sine Venner, om han endnu vandrede i Kjødet — han, som vakte vore Fædre og som endog mange af de Gamle blandt os have seet Ansigt til Ansigt? — og mon den Frelser, i hvis Blod I bleve kaldte til den første Kjærlighed — mon han vil kjendes ved Eder paa Dommens Dag? Ve — ve! den gode Aand er vegen fra Eder, og I have annammet en ny Aand fuld af verdslig Bekymring, Stolthed, Hoffærdighed, Overdaadighed og Vellyst, og for Eders Skyld bespottes Guds Navn blandt Hedningerne.

Eller mon I have glemt den gamle Fiende? eller tro I daarligen i Eders Hierter, at den gamle Slange sover? Ve over Eder!" thi I — I sove! og Eders Opvaagnen skal være som den rige Mands, der han vaagnede til Helvedes Pine."

Flere Kvinder begyndte at græde. Mændene sad og dukkede, hvergang et nyt Slag kom. Men da han sluttede, sagde Sivert Jespersen — smilende ydmygt: „Nu tænker jeg, vi faar synge:

„Ve mig, at jeg saa mangelund
I Vellyst haver svømmet."

I tredie Vers viste Kogekonen sig med Desserten. Værten skar de frygteligste Ansigter til hende og rystede paa Hovedet; men han ledede Sangen og maatte passe alle sine Skjælvninger og Tremulanter.

Kogekonen forstod det imidlertid meget godt. Men havde hun ladet sig berøve Laxen, saa skulde dog ikke Pokkeren selv narre hende for

Desserten. Hendes Renommé vilde være forspildt i alle gode Huse, om det kom ud, at hun til en Middag paa to og tyve Personer kun havde serveret Suppe og Steg — ingen Fisk, ingen Dessert!

Aldrig i Verden skulde det ske! Og ildrød i Hovedet af indre Bevægelse bar hun selv frem et enormt Fad store, fede Sprutbakkelser, som hun satte midt foran Sivert Jespersen.

Det gjorde et overordentligt pinligt Indtryk, og Værten havde næsten ingen Stemme mere, da han begyndte fierde Vers:

Fyldt haver jeg min Ondskabs Skaal
Og stor er denne Maade.

Der blev ikke rørt ved Desserten; efter Sangen læste den gamle Farver frabords, hvorpaa de endnu sang to Vers af:

Vort Maaltid vi nu slutte vil
Og folde vore Hænder.

Ved Kaffen var der en trykkende Stilhed; nogle vare alvorligt grebne og bedrøvede; andre skottede ængsteligt til de Ældste. Kvinderne samlede sit Overtøi, for at gaa til Forsamlingshuset, hvor der skulde være Bibellæsning; Fennefos og nogle af Mandfolkene fulgte med.

Men inde i Sivert Jespersens lille Kontor bag Kramboden samledes femsex af de Gamle. De fik tændt sine Kridtpiber og sad en lang Stund stiltiende og rog. Ingen havde Lyst til at begynde.

„Er her nogen, som ved Prisen paa Salt nord i Bergen?" — spurgte Endre Egeland; han var helst tilbøielig til at springe over det ubehagelige.

Men det lod ikke til, at nogen vidste noget om Saltpriserne; det var klart, at andet skulde forhandles.

„Ja — ja!" — sukkede endelig Sivert Jespersen, „vi kan nok have godt af saadant ogsaa!"

„Visselig —" svarede en anden, „er der Feil nok at rette og revse baade hos dig og mig."

„Du ser Skjæven i din Broders Øie; men Bjælken i dit eget bliver du ikke var," anbragte Nicolai Egeland behændigt.

„Det er ikke altid, at Kvinderaad og Kvindetale formilder en Mand," sagde nu den gamle Farver stille.

Der blev en Pause, indtil alle — endogsaa Nicolai Egeland havde forstaaet. Derpaa var der en, som sagde: „Vi trænger megen Folkehjælp paa Gaarden iaar; Vorherre har velsignet baade vor Eng og vor Ager."

Det var en Gaard ved Byen, som de fleste af Haugianerne eiede i Fællesskab.

„Mest trænger vi en, som baade kan tage Haand i Arbeidet og forstaar at samles med Tjenerne og Arbeidsfolkene til Opbyggelse i Hviletimerne," sagde Sivert Jespersen.

Atter en lang Pause; en saa paa sin Nabo, denne saa væk — hen til Krogen, hvor den gamle Farver sad, flere Øine søgte nu henad den Kant. Det var ikke godt at se, hvor den Gamle saa hen; han sad og blinkede i den tætte Tobaksrøg.

Men endelig nikkede han flere Gange: „Ja ja! — naar I saa synes — Kjære! saa faar jeg prøve paa at sige det til ham."

Herved følte de andre sig aabenbart lettede, og nu først begyndte de at tale meget ivrigt om Saltpriserne.

XI

Skipper Randulfs lille hvide Hus laa høit med Udsigt over Vaagen og Fjorden. De to Venner havde spist og spist svært: nu sov deMiddagssøvn, Værten paa sin almindelige Plads i Sofaen og Gjæsten i en stor Lænestol.

Vinduerne stod aabne; der var varmt Solskin. Byen gjorde ingen Larm i den fredelige Eftermiddagstime, Fluerne summede ud og ind, og Vinden bølgede mat i Gardinerne.

Store, blanke Svedperler samlede sig paa Jacob Worses Næse; han laa bagover i Stolen med Munden aaben og brølsnorkede.

Randulf snorkede ogsaa, men ikke fuldt saa galt. For Øinene havde han et gult Silketørklæde, som hans gamle Husholderske hver Dag maatte binde ham om Hovedet, ellers fik han ikke sove.

Ude i den bratte Bakke foran Huset var der nogle Gutter, som spillede Mablis; de begyndte at lægge Mærke til den vældige Lyd fra de to, som sov, og samlede sig med Latter og Ablegøier indunder Vinduet.

Men pludseligt overfaldtes de af Randulfs Husholderske med en Lime; og Gutterne styrtede i en forvirret Klump nedover Bakken med Latter og Skrig, saa at Worse glyttede lidt paa Øinene og lagde Hovedet over paa den anden Side.

Der blev igjen ganske stille, førend Snorkingen atter kom igang; der hørtes Aareslag fra en Baad, som roede udover Vaagen, og Maageskrig langt ude i Fjorden. Randulfs Husholderske stod paa Vagt med sin Lime, og de brave Kapteiner sov endnu en halv Times Tid.

Endelig reiste Randulf sig, tog Bindet fra Øinene og gabede.

Herved vaagnede Worse halvveis og sagde strax i en overlegen Tone: „Naa! — du har sovet! — jeg troede aldrig du vilde vaagne."

„Vaagne?" — svarede Randulf spodsk, „jeg har ikke faaet Blund paa mine syndige øine, — saaledes som du brøler!"

„Jeg snorker aldrig," svarede Worse afgjørende, „og desuden har jeg været vaagen hele Tiden, mens du sov."

„Sov? — jeg sov aldeles ikke — hører du!"

„Ja men det maa jeg da bedst vide, som har siddet her og —"

— „og snorket — ja! — det gjorde du som en Helt."

De kjæglede endnu en Stund om dette, indtil de blev vaagne.

Derpaa tændte de sine Piber og trak Frakkerne paa; hos Randulf var de altid i Skjorteærmer, hvilket var en Fest for Worse; thi hjemme fik han ikke Lov til det.

Dernæst vandrede de to gamle Skippere omkring paa alle Byens Brygger, kigede ind i Søhusene og ind i Reberbanen, talte om Fartøierne paa Havnen og granskede med den yderste Mistro et nyt Skib, som var under Bygning paa Værftet. Overalt traf de Kjendinger, som de slog en Passiar af med; Randulf var i Perlehumør, og Worse kniknede ogsaa til, skjønt som i gamle Dage var han ikke.

Det var nu næsten noget nyt og uvant for ham — saadan en Runde gjennem Byen. Thi i den senere Tid kom han aldrig stort længer end ned paa sit eget Søhus.

Det var gaaet saa besynderligt med ham; han begreb det ikke selv. Men fra det Øieblik, han havde overladt „Familiens Haab" til andre, havde han næsten mistet Interessen for alt det, han før havde stellet med. Ja naar han nu saa et Skib staa ind af Byfjorden for fulde Seil, var det ham næsten pinligt, — og før var det dog det skjønneste Syn, han vidste.

Imidlertid fik Randulf ham tøet op idag, saa han blev munter og endogsaa bandte et Par Gange uden at mærke det, hvilket oprigtig glædede hans Ven.

Thi ligesom Konsul Garman var ogsaa Randulf paa sin Kant ulykkelig over, at Jacob Worse gik tilgrunde, som han kaldte det. Han ærtede ham ikke længer; det kunde jo ikke nytte. Men i Klubben betroede Randulf en og anden god Ven ved et varmt Glas, hvor smerteligt det var at se en Perle af en Sjømand som Jacob Worse skjæmmes ganske ud af et helligt Kvindfolk.

„Den Helvedes Rostockeren!" pleiede han at slutte med. Derved mente han den Rostocker Kof, som han blev paaseilet af i Bolderaa; thi det var hans faste Tro, at havde han — Randulf — bare været hjemme, skulde de aldrig have fanget Jacob Worse.

Klokken syv vendte de tilbage til Randulfs lille Hus i udmærket Humør og glubende sultne. Da de saa igjen havde spist dygtigt — Worse havde ikke havt saadan Appetit paa længe, fik de sine rygende Toddyglas paa Bordet foran det aabne Vindu; og den blaa Røg fra deres Piber kom boblende som Kanonskud snart fra den ene snart fra den anden, — som fra to gamle Fregatter, der saluterede for hinanden.

Efterat de havde røgt længe i Taushed, sagde Worse: „Sjøen kan være fin saadan en Sommerkveld — Skaal!"

„Sjøen er altid fin — Jacob! — Skaal!"

„Aa ja saamænd, saalænge man er ung."

„Ung! — du er da ikke mere end tre Aar ældre end jeg, og Thomas Randulf tænker ikke paa at krybe iland paa de første ti Aar, — det kan du hænge dig paa."

„Det er anderledes med mig — ser du! for jeg har dette indvortes — du ved —"

„Aa Skidt!" svarede Randulf, „ikke ved jeg større Greie paa Lever og Lunge og Tarmer og Indmad og Milten og Dilten og alt det Skrab, de siger, vi har i Maven; men det ved jeg, at den som hører til paa Sjøen, han er syg iland! akkurat ligesom Bonden brækker sig som en Kat, naar han kommer ombord. Det er en Sanning, som er fast og urokkelig."

Jacob Worse havde ikke noget at byde mod denne Tale; han bare mukkede lidt og gned sig over Maven.

„Har du prøvet Riga-Balsam?" spurgte Randulf.

„Er du gal — du? det er jo indvortes."

„Kanske du ikke tror, at Riga-Balsam er godt indvortes ogsaa? Naar du faar den ægte — Far! saa er den god for alt — baade indenbords og udenbords; det maa jeg forstaa!"

„Men forresten er det slet ikke i Maven, du har det," tilføiede Randulf dybsindigt, „det er snarere i Hjertet, for det er denne Kjærligheden og disse Kvindfolkene — skal jeg sige dig, som altid har været en Spedalskhed for dig — Jacob! — alle dine Dage har du været som en Tosk med Fruentimmer, og altid har de narret dig op i Stry, det har jeg seet saa mangen Gang baade i Middelhavet og Østersøen. Men sidste Gang er det gaaet allerværst, for de Hellige — ser du! —"

„Du skal tage dig iagt — Thomas! for hvad du siger om Sara. Hun har været mig til stor Velsignelse. Hvad skulde der blevet af mig — en gammel syg Mand — uden hende?"

„Du var ikke bleven en gammel syg Mand uden hende," busede Randulf ud; men nu saa den anden saa morsk ud, at Randulf tog sig en lang Slurk og hostede frygteligt bagefter.

„Nei, nei —" sagde Worse, da han ogsaa havde vederkvæget sig; „hun har været mig en god Hustru baade til Legems og Sjæl; jeg har lært mangt og meget af hende, som jeg før ikke vidste."

„Ja, det var et sandt Ord — Jacob! jeg skal fortælle dig, hvad da har lært:

du har lært at sidde bag Ovnen som en gammel Kjærring og hænge i Skjørterne paa et Kvindfolk, og trækkes omkring til Opbyggelser — Gud forlade mig — som Munkenes Mulæsler i Spanien, — det har hun lært dig!"

„Giv Tid — Thomas!" svarede Worse og nikkede med en sikker Mine, „du kommer nok til at sande mine Ord. Saadan var jeg ogsaa — som du; men jeg har faaet andet at føle, og det faar du ogsaa, naar din Tid kommer; da først forstaar du, hvad for Syndere vi ere."

„Syndere! — aa ja! men jeg er da ikke saa ond som mange andre, og det er ikke du heller Jacob! — nu har jeg kjendt dig i fyrretyve Aar og vel saa det; men bedre Mand paa Land og Sjø findes ikke i Norges Land og Rige — nu ved du det!" — dermed slog han i Vinduskarmen.

Worse var ikke ganske ufølsom for denne Lovtale; men han mumlede dog, mens han kradsede Piben henne ved Ovnen: „Ja men der skal mere til end som saa, meget, meget mere!"

„Hør nu et Alvorsord — Jacob Worse! — kjender du Sivert Jespersen — ogsaa kaldet Gesvinten?"

„Aa jo — Tak!"

„Kanske du mindes 200 Tønder Salt, du kjøbte af ham nord paa Kim et Aar?"

„Ja, jeg glemmer da vist ikke dem i Hasten."

„Svar mig nu paa en Ting — bare paa en eneste liden Ting: snød han dig eller snød han dig ikke?"

„Blodigt," — svarede Worse med Overbevisning.

„Naa — ser du det! vil du nu svare mig paa en Ting til: hvad tror du nu, Vorherre liger bedst: enten en ærlig Sjømand, som holder sin Kjæft og passer sit Skib, — eller slig en Hykler, som snyder værre end en Græker lige for den alvidende Guds Øine og saa efterpaa synger ham Salmer midt i Ansigtet? — he? hvem tror du, han liger bedst?"

„Det ved hverken du eller jeg — Randulf! for Dommen hører Herren til, som ransager Hjerter og Nyrer."

„Nyrer!" raabte Randulf haansk; „Sivert Jespersen sine Nyrer! — det var ogsaa noget at ransage! — Nei Far! Vorherre er Mand, som ved, hvad han ør; han lader sig ikke snyde paa Saltet — han."

„Jeg skal sige dig noget — Thomas Randulf! Vorherre er nok ikke saa grei og bentfrem at komme i Akkord med som de har lært os. For ser du — det kunde endda gaa an med ham selv; men der er nu først alt dette med den Helligaand."

„Ja tror du kanske ikke, jeg kjender ham?" spurgte Randulf stødt.

„Ja men ser du, der er saa mange Remedier med ham; for først er det nu det, de kalder Igjenfødelsen og Omvendelsen, — nei Igjenløsningen er det, som kommer først; — nei! nu har jeg glemt det igjen, hvad er det nu, som kommer først?"

„Aa, det er vel Omskjærelsen, du mener," sagde Randulf vigtig.

Men da maatte Jacob Worse le, saa nødigt han vilde; og da de først kom paa Latteren, lod de Theologien fare og blandede sig et nyt Glas.

„Men det kommer du ikke fra — Jacob! det var baade Synd og Skam, at du gik fra Søen saa tidligt; og det siger de ogsaa alle Mand, som spørger efter dig!"

„Er der nogen, som spørger efter mig?"

„Spør efter dig! — jagu spør de efter dig ligefra Kjøbenhavn til Kronstadt. Du husker vel den tykke Jomfruen i „Drei Norweger" i Pillau?"

„Var det der, du ved, vi dansede?"

„Nei Fanden! det var jo i Königsberg; aa Herregud!" sagde Randulf medlidende, „har du alt glemt det? — nei den tykke i Pillau hun græd sine salte Taarer, da hun hørte, du var gift og blev hjemme. Ach du lieber — sagde hun, was soll nu den arme Minchen machen, naar den lustige Jacob Worse har gegiftet sich!"

„Sagde hun virkeligt det?" udbrød Worse rørt; „ellers var det galt saaledes som du sagde det. Det er underligt med dig — Thomas! at du aldrig lærer at snakke tysk."

„Aa ved du hvad, jeg klarer mig nok; for jeg mærker det strax paa dem, naar de vil snyde mig. Saa kommer de saa blide og smiskendes med sit: „guten Abis"! men naar de siger: „das gloobis", da skal du tage dig iagt, for da er de paa det falskeste."

„Ja lad dem prøve sig med mig! nei Far! — jeg kan klare dem — jeg!" raabte Worse overlegen, „Gamle Bencke i Danzig fik sande det — han. For først snød de mig paa Silden, som de altid gjør."

„Altid!" bekræftede Randulf.

„Og dernæst paa Rugen —"

„Snak aldrig om det!"

„Men saa havde de tilslut sat noget nyt Dævelskab i Connossementerne."

„Hvad var det?"

„Det ved jeg Pokkeren! men jeg saa, det var noget nyt, som ikke pleiede at staa, og saa vilde jeg ikke skrive under."

„Nei — naturligvis."

„Og Kontoristen, som var etslags Dansker, han stod færdig med Pennen og vilde lokke mig, for det havde ingenting at betyde, det var netop til Skibets Fordel og sligt noget, som en kunde vide, var Løgn. Ja — saa var det ikke mer end det, at jeg bandte paa, at Connossementer vilde jeg have, som jeg var vant til, og før skrev jeg ikke under, om saa baade Rugen og Briggen skulde ligge, til de raadnede, paa Danzigs Rhed!"

„Naturligvis!" — bekræftede Randulf.

„Men bedst som vi stod og dividerede om dette, kommer Gamle Bencke selv ud i Kontoret, og saa forklarer Danskeren ham, hvad det var. Og saa bliver den Gamle fygendes sint — kan du vide, og tar paa at skjælde og bande paa tysk det bedste, han kunde. Men saa blev jeg ogsaa sint; — og saa vendte jeg mig og sagde til ham paa tysk — forstaar du: — netop saaledes sagde jeg til ham: „Bin Bencke bös, bin Worse og bös!" — og der han forstod, jeg kunde tysk, vaagte han ikke at mukke et Ord; han bare snudde sig paa Gulvet og pakte af Kontoret. Men den, som fik andre Connossementer, det var jeg!"

„Dengang var du god igjen — Jacob!" raabte Randulf; det var længe siden, han havde hørt den Historie.

De drak en Skaal for gamle Dage og faldt i Tanker hver paa sin Kant, De vare begge røde i Hovedet, og Worse saa frisk og stærk ud iaften; det gule i Ansigtet var borte; men Orkanbølgerne ved Ørene vare hvide som Skum.

Tilslut sagde Jacob Worse: „Naar jeg ser paa saadant et stort Bord som det, du har der foran Sofaen, saa kan jeg ikke begribe, at Pladen kunde revne tvers over saaledes som du husker — den Nat i Königsberg."

„Ja men ser du — Jacob! — vi dansede jo lige mod Bordet med fuld Fart."

„Ja fuld Fart havde vi," smaalo Worse.

„Men du syndige Alverden! hvor vi sprang efterpaa!" raabte Randulf og lo, saa han rystede.

„Og saa begende mørkt som der var, før vi fandt Baaden. Jeg gad vide, hvad det kostede — det Bord."

„Ja — du maa sige — Jacob! jeg har aldrig været i det Hus mere."

„Ikke jeg heller."

Nu fik de fat i den ene Historie efter den anden fra deres gale Ungdom; de fortalte dem bare halvveis eller med Hentydninger, for de kunde dem jo udenad allesammen — beggeto.

„Hvad mener du om en liden Omgang til, Jacob?"

„Det maatte være en liden en."

„En liden passelig Nathue", mente Værten og gik efter varmt Vand.

Klokken var ikke mere end ti og Worse havde Lov til at blive til elleve; han havde derfor en udmærket Samvittighed; og altsom hans Hoved varmedes af Randulfs gamle Jamaica Rom, glemte han baade sit indvortes

Tilfælde og Bekymringen for sin Sjæl.

Ved det tredie Glas foreslog Randulf, at de skulde snakke engelsk, hvilket de ogsaa gjorde med stort Alvor — paa sin Maade.

Det svindende Skjær fra den lave Nordenvindsbanke, bag hvilken Solen var gaaet ned, gjorde de to Venner endnu rødere, som de sad der ved det aabne Vindu og snakkede sit engelsk.

Fjorden laa speilblank; de yderste Næs og Holmer løftede sig høit over Vandspeilet; nærmere Byen paa de større Øer og hist og her mod øst inde i Fjeldene tændte Ungdommen Sankt Hans-Baal. Røgen steg bent op og ilden flammede blegt i den lyse Sommernat.

Baade gled udover med Piger og Gutter; en Sømand var kommen hjem med et Trækspil, paa hvilket han kunde spille: „Mens Nordhavet bruser" og mange andre gode Sange.

Et lidet Følge af Baade fulgte den, hvori han var; undertiden sang nogle med; men de fleste taug og lyttede til den sjeldne Musik, seende udover Fjorden mod Havet — mod Nordhavet, som brusede og vakte Erindringer hos dem alle om Sorg og Haab og Længsel og Uvished, Elskov og Savn. —

Imidlertid havde Haugianerne for længe siden forladt Forsamlingshuset. Nogle af Sivert Jespersens Gjæster vendte tilbage, for at spise tilaftens; andre gik lige hjem.

Sara og Fennefos mødtes ved Udgangen. Begge havde vel en Fornemmelse af, at der blandt de andre var lidt Misstemning mod dem, derfor faldt det saa naturligt, at de sluttede sig sammen og fulgtes ad; — ja da de kom til Torvet, bøiede de endogsaa af tilvenstre istedetfor at gaa hjem og spadserede et Stykke udover Alléen, som førte til Sandsgaard.

Ingen af dem havde synderligt Øie for Naturen. De havde aldrig lært andet, end at i alt, hvad der omgiver den Kristne hernede, ligger Fristelse til Øienslyst, Kjødslyst og et hoffærdigt Levnet. Sara havde jo ikke seet stort; men selv Fennefos, som havde vandret Landet rundt paa kryds og tvers til enhver Aarstid, havde endnu ikke andet Begreb om Naturskjønhed, end at en vakker Egn er en, hvor det gror godt, og en styg er en, hvor der er fuldt af Fjeld og Vand og Krat, men lidet Madjord.

Alligevel gjorde den stille, lune Sommeraften sin Virkning paa dem, uden de mærkede det. De havde atter talt om Menighedens svare Brøst, og hvor haardt det trængtes, at en tog alvorligt fat.

Men nu gik Samtalen istaa; de stansede og saa udover Fjorden, hvor Blussene tændtes, Baadene roede ud, Sangen og Musiken lød ind til dem; Sara drog uvilkaarligt et dybt Suk og vendte sig, for at gaa indover mod Byen.

Hans Nilsen vilde sagt noget om Verdens Børns korte Syndelyst; men det vilde ikke forme sig for ham; han bøiede af, og før han vidste det, spurgte han hende, om hun havde havt Glæde af det Brev, han forærede hende, da de skiltes sidst.

„O ja — Hans Nilsen!“ svarede hun og vendte sit Ansigt op mod ham; hun blev en Smule rød og sagde ikke mere; men han blev ganske fortumlet.

Saaledes vendte de tilbage til Byen. Ved Gadedøren spurgte Sara, om han ikke vilde gaa indom et Øieblik. Fennefos fulgte hende uden at tænke, og da de kom ind i Stuen, satte han sig i en Stol.

„Det var godt at faa hvile,“ sagde han, for han kjendte sig saa besynderligt træt.

Aftenskjæret gjorde Stuen halvlys mod Vinduerne; men længer indpaa Gulvet var der temmeligt mørkt. Sara gik ud i Kjøkkenet og kjendte efter, om Bagdøren var laaset; Pigerne var gaaet ovenpaa; der var stille og uddødt i Huset, Klokken var henad ti.

Hun bragte koldt Vand og Bringebærsaft, og Hans Nilsen drak mod Sædvane et stort fuldt Glas helt ud: han var baade træt og tørst — sagde han.

Sara satte sig et Stykke fra ham i Sofaen; men ingen af dem sagde noget. Og da der havde været stille i et Minut eller to, blev det dem begge pinligt, og de begyndte paa en Gang; men derved stansede de ogsaa begge strax igjen.

„Hvad var det, du vilde sagt?“ — spurgte Hans Nilsen.

„Jeg — vilde spurgt, om du ikke vilde have mere Saft og Vand,“ svarede hun usikkert.

„Nei Tak! — nu faar jeg nok gaa.“

Han reiste sig og gik over Gulvet. Hatten laa paa Bordet; men Fennefos gik, somom han ikke vidste, hvor han var, henimod Vinduet og saa ud mod den lyse Aftenhimmel.

Sara reiste sig ogsaa og gik hen til et Skab mellem begge Vinduerne, hvor hun gav sig til at pusle med et eller andet.

Han mærkede, at hun var lige bagved ham, vendte sig og gik tilbage til Stolen.

„Det har været vakkert, varmt Veir idag,“ sagde han; men hans Stemme var saa tyk og forunderlig, og skjønt han netop havde drukket, var han ganske tør i Munden.

Sara svarede ogsaa noget utydeligt, tog Glasset, han havde drukket af, og satte det hen paa Brættet; hun skalv paa Haanden, saa de hørte Glasset klirre mod Brættet.

Hans Nilsen reiste sig igjen, gik ligesom i Ørsken et Par Skridt hid og did, kom tilslut henimod hende, somom han vilde sige noget; hun vendte sit Ansigt mod ham, saa at Lyset faldt paa hende.

Hans Læber bevægede sig, men der kom ingen Lyd, indtil han endelig fik frem: „Du er saa bleg."

„Hvad siger du?" hviskede hun; hans Stemme var saa utydelig, at hun ikke forstod.

Han prøvede igjen; og som for at hjælpe paa Ordene, der ikke vilde komme, nærmede han sin Haand til hendes Kind. Han kom til at røre ved den bløde, fine Hud, og da forlod Bevidstheden ham; det brusede gjennem hans Hoved, han vidste af ingenting; men han holdt hende i sine stærke Arme — næsten løftende hende fra Gulvet, medens han kyssede hendes Øine og hendes Mund.

Hun rev sig ikke løs, hun stødte ham ikke fra sig; men der gik en Skjælven gjennem hende, som han fornam.

Han slap hende halvt — et Secund, saavidt han kunde se hende i Ansigtet; deres Øine borede sig i hinanden, han saa det blege Ansigt, Læberne endnu halvt aabne efter de vilde Kys; han kunde tage hende, hun laa fast i hans Arme; det begyndte igjen at bruse i hans Hoved, — da sprang han tilbage med et Skrig: „Herre — hjælp os! hvad er det, vi gjør!"

Men da Døren var lukket, ilede hun over Gulvet og lyttede. Hun hørte ham tumle ud af Gangen, hørte Gadedøren slaa i og hans hurtige Skridt forbi Vinduerne.

Da vendte hun sig mod Lyset — Hænderne pressede mod sit Bryst, ved Mundvigerne skjælvede noget, som kunde være et bittert Smil; derpaa kastede den unge, stærke Kvinde sig lige ned i Gulvet og hulkede. —

— Da Jacob Worse munter og „vel sat" kom famlende hjem en Time senere, fandt han sin Kone læsende i Bibelen med to Lys paa Bordet og nedrullede Gardiner.

„Godaften," begyndte han lystigt, „sidder den lille Frue oppe endnu? kom, lad os nu gaa tilsengs — lille Sara!"

Hun blev ved at læse uden at se op. Worse lagde Hatten fra sig og tvintede saa smaat, naar han gik over Gulvet.

„Du kan tro, vi har havt en morsom Dag — Sara!"

„Alle tre?"

„Tre?" — svarede Worse og stansede, „det var bare Randulf og jeg."

„Du lyver; I vare tre," svarede Sara roligt.

Nu fik Jacob Worse det ulyksalige Indfald, at hun spøgte. Han nærmede sig smilende med de fugtige Øine, for at tage hende om Halsen: „Ei ei! — saa du ved bedre Besked end jeg selv! — hvor gik du i Skole, hvor blev du saa klog? — hvem var den tredie — he?"

„Djævelen," svarede Sara og løftede pludseligt sine Øine, „den lede Satan sad midt imellem Eder."

Skipper Worse tumlede tilbage.

„Du kan tro, han har havt den morsomste Dag af Eder alle. Han har frydet sig, naar Eders Mund strømmede over af Eder og Forbandelser, raaden Snak og al Eders Hjerters Uterlighed. Saa du ikke hans krummede Klør, naar han satte Glasset for dig, at du skulde beruses i hans Urenheds Vin? hørte du ikke, hvor han lo, mens I sad sølende Eder i Eders Synds Væmmelse, for at modnes til Helvedes Føl og Pine?"

Worse begyndte uvilkaarligt at gnide sig paa Maven; han kjendte igjen Ondet derinde.

„Nei — men Sara! — ikke sig det —" bad han; men hun blev ved; medens Øinene fulgte ham saa store og kolde, at han holdt Haanden op, for at skygge for sig.

„Hvorlænge vil du vel spotte Herren? — du gamle Mand! har du ingen Frygt for den Ubodfærdiges Straf? eller har du intet hørt og intet lært om det yderste Mørkes Rædsel?"

Worse trak sig forfærdet henimod Sovekammeret. Halvdrukken som han var, kunde han ikke rigtig samle Meningen; han hørte bare de fæle Ord og kjendte de to mørke øine, som forfulgte ham. Et Par Gange bad han hende saa bønligt holde op; men hver Gang fik han en ny Skræk, indtil han sønderknust og elendig listede sig ind i Sovekammeret og krøb iseng.

Men først da han havde snorket en hel Time, kom hans Kone stille ind og lagde sig ved hans Side.

XII

Hver Aften, naar hun gik iseng, gjentog Henriette den Ed, hun havde svoret Lauritz, da han reiste: „Jeg lover og sværger at elske dig trofast i Liv og Død og aldrig gifte mig med nogen anden."

Men hver Morgen, naar hun stod op, sukkede hun og græd sommetider; thi hun øinede ingen Udvei, og hun gruede for hver Dag, som kom.

Paa hendes tyvende Fødselsdag havde Moderen ligefrem sagt hende, at hun snart skulde giftes. Lauritz var gaaet paa Langtur, han kom vist ikke hjem paa to Aar; og selv om han kom, saa vidste hun altfor godt, at Moderen aldrig vilde lade dem faa hinanden.

Saaledes svingede Henriette mellem den freidige Ed og den uigjennemtrængeligste Haabløshed, — snart yderligt forknyt snart vuggende sig i stolte Drømme om sin kjække Lauritz, hvor han elskede hende, og hvor fast han stolede paa hendes Trofasthed.

Hun blev ikke fyldig som Søsteren, men holdt sig slank og mager; hendes fine, livlige Ansigt fik et spændt Udtryk, somom hun hvert Øieblik gik og ventede paa noget. Hun betroede sig til Sara, og hun talte for hende og formanede hende til Lydighed.

Men Henriette var altfor klog til ikke at opdage, hvorledes Sara havde det i sit Ægteskab; hellerikke var der synderlig Kraft i Saras Formaninger, naar hun talte om Lydigheden.

Flere Dage efter Sivert Jespersens Selskab var Hans Nilsen ikke at se; han mødte ikke ved Maaltiderne og var ikke engang hjemme om Natten.

Madame Torvestad skulde ikke have bekymret sig saa meget derom; thi saadant havde hændt før. Fennefos havde mange Venner i Omegnen, som han undertiden besøgte. Men hvad der foruroligede hende var, at den gamle Farver flere Gange havde været der for at spørge efter Hans Nilsen uden at ville betro hende, hvorfor han søgte ham.

Madame Torvestad havde nu næsten forvundet Skuffelsen med Sara. Da hun mærkede, at Datteren voxede hende over Hovedet, var hun klog nok til at nøies med den Glans, som ogsaa faldt over hende ved det rige og gode Parti. Og skjønt Henriette ikke paa langt nær udfyldte Saras Plads ved Bibelpulten, vedblev dog Madamens smaa Forsamlinger at være søgte, og hun bevarede sin Anseelse blandt de Ældste.

Men i de sidste Dage foregik der en Forandring, som ængstede hende. Hun kom meget snart underveir med, at det, hun havde læst ved Middagen om Franckes Himmelfart, havde gjort et meget misligt Indtryk. Endvidere fik hun vide, at de Ældste holdt Raadslagninger om Fennefos, uden at hun blev tilkaldt. Den gamle Farver havde øiensynligt et hemmeligt Ærinde til ham fra dem.

Madame Torvestad overveiede Sagen med Besindighed og fattede sin Beslutning. Saasnart Hans Nilsen endelig lod sig se igjen om Eftermiddagen den femte Dag, mødte hun ham paa Trappen og trak ham ind i sin Stue.

„Sidst du var her i Byen — Hans Nilsen!“ — begyndte hun uden nogen Indledning, „spurgte du mig, om jeg troede, du burde gifte dig; dengang mente jeg nei; men nu mener jeg, det kunde være paatide.“

Han gjorde en Bevægelse paa Stolen, og nu først blev hun opmærksom paa hans besynderlige Udseende.

Han sad bøiet, halvt vendt fra Lyset; de klare graa Øine, som ellers stod saa aabne mod den, han talte med, vare sænkede, og naar de løftede sig, gled de til Siden. Bleg var han ogsaa; men stundom rødmede han og strøg sig over Ansigtet med Haanden, somom han vilde skjule det.

I sin Forundring glemte hun at gaa videre og blev bare ved at gjentage: „nu mener jeg, det kunde være paatide."

Fennefos troede paa sin Side, at hun vidste alt, ligesom han overhovedet mente, at enhver kunde se hans Synd og Urenhed udenpaa ham. Og da hun nu vedblev at gjentage, at det var paatide, han giftede sig, blev han saa skamfuld, at han ikke vidste, hvad Krog han skulde se i.

Madame Torvestad forstod ikke rigtig, hvad hun saa; men det begreb hun, at Fennefos paa en eller anden Maade havde faaet et Knæk; kanske var han saaledes lettere at lede.

„Du spurgte mig ogsaa dengang — Hans Nilsen! om jeg kjendte nogen kristeligsindet ung Kvinde, som kunde passe for dig. Nu tror jeg, at jeg har fundet en. Min Datter —"

Han saa et Øieblik saa forvildet paa hende, at hun næsten blev ræd: „Er du syg? — Hans Nilsen!"

„Nei — jeg er bare træt."

Men nu fik Madame Torvestad en Mistanke: „Eller skulde jeg tro, at du har ladet dit Hjerte besnære i syndig Elskov? Isaafald — Hans Nilsen! — saa bed Gud bevare dig og hjælpe dig at kjæmpe mod Djævelen i dit eget Kjød. Du burde være Mand for at seire og ikke lade dig fange i saa ussel og vederstyggelig en Snare. — Henriette er jo ung; men hos dig vidste jeg hende vel forvaret, og jeg tror og haaber, hun kunde blive til Velsignelse for dig."

Fennefos kom nu saavidt til Besindelse, at han kunde takke; vistnok havde han ikke tænkt paa at gifte sig nu; det var jo en alvorlig Sag —

„Det er ikke godt for Mennesket at være alene — allermindst for Manden," sagde Madame Torvestad med Vægt; „det ved vist du ogsaa — Hans Nilsen; og du mindes vist, hvad Paulus siger —"

„Ja — ja —" skyndte han sig at afbryde, „naar I mener, jeg bør gjøre det, vil jeg bede Gud vende det til det bedste."

„Jeg skal tale med Henriette," sagde Madame Torvestad.

„Tak — men jeg vilde nok gjerne selv —"

„Nuvel — til dig har jeg Tillid; hun er inde i Væverstuen."

„Nu strax? — jeg tænkte —"

„Der er ikke nogen Grund til at opsætte det," svarede Madame Torvestad, aabnede Døren og kaldte Tjenestepigen ud; derpaa lod hun Fennefos gaa derind.

Han lod sig lede som en Hund. Der var ingen Tvivl om, at Madamen kjendte det hele. Og denne Skam sammen med hans Træthed gjorde ham aldeles viljeløs i hendes Hænder. I fire Dage havde han flakket om langs Kysten ganske alene, skyende sine Kjendinger, og hos Fremmede havde han spist og sovet. Hele Tiden havde han kjæmpet i Anger med Frygt og Bæven. Men han var vendt tilbage tvivlraadig og uden Fred i sit Sind med den ubestemte Hensigt at hente sit Tøi og reise langt bort.

Da han nu stod ligeoverfor Henriette, der saa ham uroligt ind i Ansigtet, vidste han ikke, hvad han skulde gjøre.

Men hun, som havde faaet Hentydninger nok i den senere Tid, tog Mod til sig og sagde halvhøit: „Hans! — jeg er forlovet.“

„Jeg har givet Lauritz Seehus min Ed for Liv og Død,“ tilføiede hun og saa fast paa ham.

Hans Nilsen stirrede paa dette Barn, der aabent tilstod sin Kjærlighed for Liv og Død, — saa overlegen, saa ganske anderledes ren end han.

„Hør kjære Hans,“ sagde nu Henriette og lagde sine Hænder fortroligt op paa hans Skuldre; „du har altid været god imod mig, og du er god i dig selv. Du vil ikke tage mig paa denne Maade — det ved jeg; men du maa hjælpe mig imod Mor!“

„Jeg skal visselig ikke gjøre dig ulykkelig — Henriette! men du tør ikke sætte dig op mod din Moder.“

„Men jeg vil ikke, jeg kan ikke tage nogen anden end den, jeg holder af!“

„Hør Barn! —“ sagde han nu roligt og saa smerteligt paa hende; det var ikke første Gang, stakkels forelskede Kvinder søgte Hjælp hos Hans Nilsen, og idag var han mer end nogensinde istand til at følge dem; „visselig er intet Saar bitrere end det, som Elskoven slaar i Ungdommen. Men saa er der dog Opreisning og Helbredelse given for den, som søger Fred i at fuldkomme sin Pligt i al Lydighed mod Guds Bud og mod dem, han har sat i sit Sted til at raade over os. Du siger, du kan ikke ægte en, som du ikke holder af; men betænk dog, hvor ofte Hjertet farer vild i Ungdommens Alder, og —“

„Ja se nu for Exempel Sara,“ afbrød Henriette, „hvad hjælper al hendes Rigdom og al hendes Gudsfrygt; jeg ved, hun er det ulykkeligste paa Jorden.“

Hans Nilsen vendte sig bort; han var atter afvæbnet.

Men Henriette traadte hen til Vinduet og saa op i Luften over det rummelige Gaardsrum; hun slog et resolut Klask med den ene Haand i den anden og sagde halvhøit: „Desuden har jeg jo svoret.“

Hans Nilsen gik tilbage til Madame Torvestad og sagde bare, at han og Henriette ikke kunde komme til Enighed. Hun vilde spørge ham om mere; men nu kunde han ikke længer holde det ud, han gik lige ud af Stuen uden at svare.

Men hellerikke ovenpaa fandt han den Hvile, han trængte saa haardt. Thi paa hans Værelse sad den gamle Farver og ventede paa ham.

„Jeg har ventet paa dig — Hans Nilsen; og søgt dig flere Gange. Der er iblandt os alle en stor Trang til at samtale med dig og omgaaes ret flittigen og fortroligen med dig. Men nu synes det os, somom du her i Huset er saa optaget af Kvindernes Tale og Omgjængelse."

Nu var Fennefos saa træt, at han næsten isøvne hørte paa den Gamle; han forstod, at de vilde have ham bort fra Madame Torvestads Hus, og det vilde han gjerne selv.

„Der er mange Folk samlet," blev Farveren ved, „oppe paa Gaarden, og flere blir der snart, naar Høsten begynder. Det vilde være godt — mente nogle af os — om vi havde en paalidelig Mand der, som baade kunde arbeide og tale Guds Ord i Hvilen. Sivert Jespersen og de andre har jo saameget at varetage i Byen; og saa mente vi da, at vi vilde spørge, om Hans Nilsen vilde flytte derop?"

„Det vil jeg gjerne gjøre, hvis I tro det gavnligt."

„Vi havde tænkt, om du vilde gaa derop imorgen?"

Fennefos blev lidt overrasket, men samtykkede for at faa Fred; og saasnart Farveren var gaaet, kastede han sig paa Sengen og faldt i Sevn.

— Madame Torvestad stod en Stund og betænkte sig, som hun pleiede, da Hans Nilsen var gaaet. Derpaa aabnede hun med en vis Høitidelighed Døren til Væverstuen: „Henriette! gaa op og læg dig!"

„Ja Moder!" — svarede Henriette, som efter Samtalen med Fennefos var falden i en af sine dybeste Forknyttelser; hun nærmede sig skjælvende til Moderen, for at sige Godnat, skjønt Solen stod høit paa Himmelen.

„Jeg vil ikke sige Godnat til dig, og du skal hellerikke have nogen Aftensmad," sagde Moderen og lukkede Døren.

Saaledes begyndte de store Afstraffelser i Gnadau; og Madame Torvestad mindedes endnu, hvorledes det kunde bøie den stridigste. —

— Da Jacob Worse vaagnede Morgenen efter Randulfs mindeværdige Fødselsdag, følte han sig overordentligt ilde. Hovedet var tungt og fuldt af travle Bankninger, og i Maven kjendte han Ondet.

Hans Kone var for længe siden staaet op; og Worse vaagnede egentlig derved, at to af Søhusfolkene kom ind og tog hendes Seng, som stod lige ind til hans.

„Hvad er det, I bestiller? —" spurgte han gnavent.

„Vi flytter Madamens Seng ind i Stuen."

„Hvad er det for noget Vas?"

„Hys — hys! —" sagde den gamle Søhusformand. „Kapteinen maa ikke blive sint: I er syg — Kaptein! — og maa ikke snakke — skulde jeg sige fra Madamen."

Worse knurrede lidt og saa med døsige Øine efter Sengen, som blev flyttet ud.

Da hans Kone lidt efter kom ind, sagde han: „At du har flyttet Sengen — Sara! — du ved jo, jeg bliver frisk igjen imorgen; det er bare første Dagen, som er saa forbandet bedsk; — tvi — aldrig skal jeg smage Toddy mer; det er noget Svineri — er det!"

„Du er sygere end du tror baade til Sjæl og Legeme, og jeg synes, du skulde være betænkt paa at finde Lægedom baade for det ene og det andet — helst for din Sjæl, før det bliver for silde."

„Ja — Kjære; — du ved, jeg vil saa gjerne; men du maa hjælpe mig — Sara! kom og sæt dig hos mig og læs lidt for mig."

„Ikke idag" — svarede hun.

Han laa da alene i sin Seng hele den Dag og havde det meget ondt. Den næste var han ialfald klar i Hovedet; men Smerterne i Maven plagede ham, saa han fandt sig i at blive liggende.

Sara kom af og til ind i Soveværelset, og han bad hende saa bønligt, at hun vilde sidde hos ham; naar han var alene, fik han saa mange onde og uhyggelige Tanker.

Hun satte sig da henne ved Vinduet med nogle smaa Bøger, — hun havde ogsaa faaet smaa Bøger ligesom Moderen.

„Det er jo saa — Worse! at du nu vil omvende dig og gjøre Bod for dine Synder; — eller vil du endnu opsætte det længer?"

„Nei, nei Kjære! du — ved, hvor gjerne jeg vil omvende mig; men du maa hjælpe mig — Sara! — jeg ved jo hverken op eller ned."

„Ja — saa vil jeg begynde med at læse for dig af en god Bog om ni bevægende Aarsager, der skulle opvække Syndserkjendelsen og drive Mennesket til Bod og Bedring. Hør nu godt efter — ikke blot med Ørene, men og med dit gjenstridige Hjerte, og gid Herren lægge sin Velsignelse til Ordet."

Derpaa læste hun langsomt og indtrængende: „Først leder da Guds store Barmhjertighed os til Omvendelse, saaledes som Apostelen siger i Brevet til de Romere andet Kapitel, fjerde Vers: Guds Godhed leder dig til Omvendelse.

Demæst drager det rene og klare Guds Ord os til Bod. Thi ligesom Herren fordum haver sendt sine Profeter, saa skikker han endnu daglig sine Prædikanter og andre Redskaber, hvilke ligesom en Basun udraabe hans Ord og lade den søde Arons Klokke høre blandt Menneskene, derved at opvække dem til Omvendelse.

Saa skulle vi og nøie give Agt paa Guds Domme, som han fra Verdens Begyndelse haver fældet over halsstarrige Syndere — saasom ved Vandfloder, stærke Vinde, fremmede Trudsler af Himmelen, Veirlys, som nedskyde Ild ovenfra og Jordskjælv under vore Fødder, som kaster Husene i en Hob over vore Hoveder."

„Lissabon" — mumlede Worse; han havde et Billede af det store Jordskjælv over Sofaen i Dagligstuen.

„Den fjerde bevægende Aarsag er vore begangne Synders uendelige Tal, der vi vandrede i vore Lyster, Drukkenskab, Fraadseri, Fylderi og grueligt Afguderi.

Den femte er vort Levnets Korthed, hvilket alvorligen raaber til os, at vi skulle omvende os. Thi Livet farer hastigt bort — ligesom vi fløi derfra; og vi fortære vore Aar som en Snak.

Den sjette er det lille Tal af dem, der blive salige; thi Porten er trang, og Veien er smal, som fører til Livet, og faa ere de, som finde den.

For det syvende truer Døden os, hvilken er afskyelig for Kjødet, og dens Ihukommelse falder bittert for enhver, som er kvalt og dæmpet i de verdslige Vellyster."

Worse gjorde en urolig Bevægelse i Sengen, somom han vilde afbryde; men hun fortsatte:

„Saa skulle vi og betænke Dommens Dag, der skal komme som en Tyv om Natten, paa hvilken Himlene skulle forgaa med stort Bulder; Elementerne skulle smelte af Hede; og Jorden og de Gjerninger, som ere derudi, skulle opbrændes.

Men den niende og sidste bevægende Aarsag er Helvedes Pine, hvilken er over al Marter den ulideligste og ufordrageligste. Skriften taler helt rædsomt om de Forskudtes Stand i den evige Ild, hvor Ormen ikke dør, Ilden aldrig udslukkes; en Fordømmelse, en uslukkelig Pøl,som evigt brænder med Svovl og lld; den kaldes Gehenna, hvilket er udlagt: den evige Pine; og der Staar skrevet: Den Hule er fra igaar tillavet; — ja den samme er og beredt for Kongen — dyb og vid nok. Saa er Boligen derinde Ild og Træ i største Mangfoldighed; Herrens Aande skal antænde den som en Svovelstrøm."

„Hør Saral tror du ikke, du kunde finde noget andet?" — spurgte Worse ængstelig.

„Helvedes Pines Dage," læste hun videre, „skal aldrig naa deres Fuldkommenhed eller hendes Aar nogen Ende. Naar saa mange Aar ere forgangne som der er Mennesker i Verden og Stjerner paa Firmamentet; — naar saa mange tusinde Aar ere tilende som der er Stene og Sand at finde paa Havsens Bund, saa skal der dog være over disse endnu ti hundrede tusinde Gange flere at vente. Saadanne, som ikke ville lade sig bevæge, naar de høre dette, de skulle herefter faa det at føle, og i Stykker sønderrives. Alle Drukkenbolte og Bespottere og de, som gjøre deres

Bug til deres Gud og de, som tjene deres egne Lyster, samt og alle Vantro — de skulle paa en Dag aabenbares for Herrens Domstol. Da skal Guds Majestæt lade sig se med et blodhævnende Sværd og en Doms Stav. Djævelen, den gamle Satan, skal staa paa den ene Side, at beskylde dem, deres egen Samvittighed paa den anden, at fordømme dem, og forneden Helvedes opladte Strube, at opsluge dem.“

„Sara — Sara! — læs ikke mere,“ bad Worse.

Men hun løftede Stemmen, og Ordene skar som skarpe Knive: „Da skal den afsiges, den jammerfulde og bedrøvelige Dom: Gaar bort I Forbandede! til den evige Ild, som er beredt Djævelen og hans Engle! Der skal de drikke af Guds evigvarende Vredes Kalk i Mørkets Kongerige, i Djævelens afskyelige Aasyn — med alle forbandede Herrens Fiender. Hvor den bedrøvelige og vemodige Guds Vredes Brusen skal altid lyde gjennem deres Øren; hvor der skal være Graad og Tænders Gnidsel; hvor ingen anden Glæde er end en afskyelig Ødelæggelse, Ve og uendelig Klage. Deres Skrigen og Hylen skal være heftig, deres Sukke saa dybe og deres Elendighed saa usigelig, at de skulle tude som Hunde — ja som de vilde Ulve, og hylende og rasende skulle de raabe i deres Fordærvelse: „Ve! ve! ve! — at jeg nogentid blev født! Ak! havde jeg aldrig været født, og min Moder havde dog ikke undfanget mig! Forbandet være den Tid, da jeg blev avlet; den Stund, i hvilken jeg blev undfanget og den Dag, paa hvilken jeg diede min Moders Bryst!““

„Sara! — for Guds Skyld! hold op!“ — skreg Jacob Worse; han sad overende og holdt sig fast med begge Hænder, Sveden perlede ham paa Panden, og han skalv, saa Sengen rystede.

Hun vendte de stærke Øine mod ham og sagde: „Mon du endelig er falden i den levende Guds Hænder?“

„Sara — Sara! — hvad skal jeg gjøre?“

„Bed —“ svarede hun og gik.

Han laa og væltede sig i Smerter og Angst, kaldte paa hende og bad hende forbarme sig og komme ind til ham; han hørte hende i Værelset ved Siden.

Endelig kom hun ind igjen.

„Sara! hvorfor er du saa haard mod mig? — saadan var du ikke før.“

„Jeg tog dig ikke paa den rette Maade.“

„Tror du, dette er den rette?“

„Jeg haaber det.“

„Ja — ja! du forstaar det bedst; men saa maa du hjælpe mig — Sara! gaa ikke fra mig,“ og han holdt fast paa hendes Haand, somom han skulde drukne.

— Nogle Dage efter fik han staa op; han gik omkring i Huset, hvor Sara var — ængstelig, naar hun gik ud af Stuen.

Eller han sad i en Krog med en gudelig Bog mellem Hænderne — ikke saameget fordi han læste, men for at have en Beskyttelse mod Djævelens onde Anløb.

Thi nu var det endelig gaaet op for ham, hvad han aldrig før havde troet rigtig paa: at Djævelen var efter ham overalt.

Da Sara havde faaet ham skræmt fra sig, blev hun lidt mindre stræng. Kun naar han plagede hende eller hentydede til, at nu var han frisk, Sengen kunde flyttes ind igjen, kom der igjen det haarde i hendes Øine, og hun talte eller læste noget for ham, som gjorde ham næsten halvgal.

Selv gik hun som i det dybeste Mørke. Hun havde hverken Bønner eller Sang, og i Forsamlingen fulgte hun med uden Tanke.

Det Secund hun havde ligget i hans Arm, havde med ét aabenbaret for hende det uhyre Bedrag, der var øvet mod hende. Hendes Ungdom, hendes heftige Blod, hendes varme, ubegrænsede Kjærlighed til denne Mand — alt det havde de indestængt og nedtrykket under Guds Ord, Formaninger, Salmer, Bibelsprog, Samtaler og Bøn.

Og nu var det ikke andet end Ord — Ord — Ord —, som hun slængte fra sig med Bespottelse. Hun vidste ikke mere om Tro og Haab; men om Kjærligheden vidste hun, at hun elskede den eneste Mand — elskede ham vildt og lidenskabeligt.

I de Dage, Fennefos var borte, gik hun i Feber. Saa kom han igjen, flyttede fra hendes Moder og ud paa Haugianernes Gaard. Den laa lige ved Byen, og Sara, som ellers aldrig kom udenfor de nærmeste Gader, begyndte at gaa lange Ture i Omegnen.

Bag en stor Sten eller et Gjærde stod hun skjult og stirrede efter ham, naar han arbeidede ude paa Marken. Fik hun ikke se ham, satte hun sig paa en Fjeldknat og stirrede udover eller plukkede en Blomst og betragtede den opmærksomt fra alle Sider, somom det var noget nyt, mærkværdigt, hun aldrig før havde seet.

I Forsamlingerne fik hun betragte ham; men han talte aldrig; hellerikke vendte han sine Øine en eneste Gang til den Kant, hvor hun sad.

Paa hende mærkede Folk ingenting; men med Fennefos syntes Vennerne, at der var foregaaet en heldig Forandring. Den overdrevne Strænghed, han var begyndt med, var nu ganske veget fra ham — ja der var næsten noget ydmygt over ham.

XIII

Der var en temmelig stor Gaard, som flere af de fornemste Haugianere eiede i Fællesskab; og foruden Jordbruget var der ogsaa en Del Fabrikanlæg.

Saaledes var der Arbeide nok for den, som skulde staa over det hele; og Fennefos tog fat med en — endogsaa for ham usædvanlig Iver og Kraft. Derimod kunde han i de første Uger ikke lede Andagten blandt den store Flok af Arbeidere, som her efter haugiansk Skik samledes til Maaltid og Husandagt i en stor Stue ved et langt fælles Bord.

Hans Nilsen indskrænkede sig til at være den første ved Arbeidet; men i Opbyggelsestimerne var han taus og nedtrykt. Men da et Par Maaneder var gaaet paa samme Maade, begyndte han igjen at hæve Hovedet og de klare, graa Øine. I det strænge legemlige Arbeide og i alt det Ansvar, der paahvilede ham som Opsynsmand med det hele, fandt efterhaanden hans stærke, sunde Natur Ligevægten igjen.

Vel angrede han bestandigt hint Svaghedens Øieblik og skammede sig; men han begyndte dog at forstaa, at saadant kan hænde den bedste: og han takkede sin Gud, fordi han i sidste Øieblik var kommen ham tilhjælp.

Men ligesom denne Begivenhed havde aabenbaret hans egen Skrøbelighed og meget rokket hans Selvtillid, saaledes bragte den ogsaa Tvivl hos ham, om det var Ret at fordre saa meget af Menneskene som han gjorde.

Tænkte han paa de stakkels Bekymrede, han havde efterladt nordpaa, syntes det ham Synd at læsse saa tunge Krav paa dem; tænkte han paa de velhavende, sikre Haugianere her, forekom det ham en Skam at leve blandt dem. Stundom syntes han i stor Haabløshed, at det var ligesaa galt der som her, og han længtede efter noget ganske nyt.

Men da han var naaet saa vidt, maatte han ogsaa overveie, hvorledes han skulde indrette sit Liv herefter. Blive her kunde han ikke. For sig selv frygtede han ikke saa meget, — skjønt sikker kunde han jo aldrig mere være. Men for hendes Skyld maatte han bort.

Det gik endnu som Ild gjennem hans Blod, hvergang han mindedes de Øine, han et Secund havde seet ned i, da hun var i hans Magt; og uden egentlig at se paa hende, kjendte han noget af den samme Ild, naar de mødtes i Forsamlingen.

Skilles maatte de, det stod altsaa fast; han gjentog det for sig selv; men han gik dog ikke. Her var Arbeide nok langt udover Høsten og desuden — hvor i al Verden skulde han gaa hen?

Naar han forlod dette Sted, var der ingen Plet paa Jordens vide Kreds, der trak ham til sig — ikke Hjemmet, ikke Vennerne rundtomkring, helst vilde han ingen se, men leve alene.

Hans Hjerte havde sit dybe Saar, og han tænkte saa ofte i denne Tid paa Henriette. Ogsaa han var bunden for Liv og Død i en Kjærlighed, som ingen uren Tanke skulde besmitte. For Sara vilde han bede.

Imidlertid iagttog de Ældste Hans Nilsen med Bekymring. Hin Tale i Sivert Jespersens Hus havde gjort stor Skade. Det kom ud blandt Folk, at Haugianerne vare splidagtige med sig selv, og at Fennefos havde skilt sig fra dem.

Selv blandt Brødrene var der Uro. De, som ikke havde været tilstede, vilde gjerne vide, hvad han havde sagt; men de, som havde været tilstede, svarede undvigende. Imidlertid øgede der en Nysgjerrighed eller Trang baade blandt Fiender og Venner til at faa opklaret, om der virkelig var noget iveien med saa agtet og bekjendt en Mand som Hans Nilsen.

Dertil kom hans forandrede Væsen lige efter hin Tale; noget maatte være hændt; hver mente sit; og de Ældste sad sammen og raadslog.

„Jeg tænker," sagde Sivert Jespersen og saa sig om i den lille Kreds, „at vi alle ere enige om, at der er Kvindfolk med i denne Sag?"

„Jeg har hørt fortælle," sagde Endre Egeland, „at han har har havt meget Samkvem med Madame Torvestads Datter Henriette."

„Med H e n r i e t t e ?" — sagde Sivert Jespersen og trak det ud i et tvivlende Spørgsmaal.

Der blev en Pause af stille Overraskelse.

„Nei — nei —" sagde den gamle Farver, „vi maa ikke tro saa onde Ting."

„Iethvertfald — Kjære! —" sagde Sivert Jespersen blidt, „bør vi alle som en se til, hvorledes vi kunne hjælpe vor Broder Hans Nilsen i al Nød og Anfægtelse. Jeg havde tænkt mig det saaledes — hvis I synes: at vi kunde mødes oppe paa Gaarden Lørdag Eftermiddag. Naar vi saa havde seet paa Regnskaberne, kunde vi kanske efterpaa tale lidt med ham."

„Lad os bare være varsomme," mente den Gamle, „vi vide jo intetsomhelst."

„Nei — Kjære! jeg mente jo hellerikke, at vi med Uforstand —"

„Jeg ved, du er forsigtig, SivertJ espersen; men lad os huske paa, han er den stærkeste blandt os; ham maa vi ikke miste."

Lørdagen da de samledes paa Gaarden efter Aftale, var den sidste September. De havde saaledes hele Maanedens Regnskab baade for Gaarden, Farveriet, Stampemøllen og alt det andet.

Regnskaberne vare iorden og det hele var godt stellet; de takkede Hans

Nilsen og vare yderst venlige. Men da Bøgerne vare lukkede og Aftaler trufne for Fremtiden, blev de siddende, som de sad paa Stolene langs Væggene rundt Stuen. Fennefos, som sad midt paa Gulvet ved Bordet med Regnskaberne, løftede Hovedet og saa roligt fra den ene til den anden.

Det undgik ingen af dem, at idag havde han sit gamle Udtryk; det nedslagne, usikre Blik, de en Tid havde mærket hos ham, var ganske forsvundet, og solbrændt og sund, som han sad der blandt de blege Byfolk, syntes han dem stærkere end nogensinde.

Derfor gjorde Farveren Miner til Sivert Jespersen og begyndte at røre paa sig, somom han vilde gaa.

Men Sivert Jespersen havde nu sat sig i Hovedet, at han vilde have fat paa Fennefos's Hemmelighed, eller ialfald skaffe sig selv og de Ældste et Overtag over den myndige unge Mand.

„Vi har talt os imellem," begyndte han, „vi har talt om dig — kjære Hans Nilsen! — ja det har vi rigtig gjort. Vi synes alle, at du brugte stærke Ord den Gang — du ved nok selv — hjemme i mit Hus."

„Jeg talte af Nidkjærhed; og faldt mine Ord for haardt, saa beder jeg Eder tilgive mig; jeg troede, det var fornødent; men der var ingen Ukjærlighed i mit Hjerte."

„Det er der heller ingen af os, som tror — Hans Nilsen!" — sagde den gamle Farver.

„Nei det er der visselig ikke," vedblev Sivert Jespersen; „men hvad der har vakt vor Bekymring, er den nedslagne Stemning, hvori vi sidenefter have seet dig. Du er ung endnu — Hans Nilsen! og vi ere gamle — ialfald ældre end du allesammen. Og vi vide saa vel, hvilke Fristelser det er, som helst anfalde det unge Blod; — og har du lidt noget Nederlag af Fienden i dit eget Kjød, saa ville vi byde dig Haanden til Opreisning."

Hans Nilsen Fennefos saa med sine klare Øine fra den ene til den anden, og det forekom dem alle, at han dvælede pinligt længe ved Endre Egeland.

„Jeg takker Eder; men Gud har været naadig; jeg behøver ingen Opreisning i saa Maade."

„Hvor inderligt godt det var at høre!" udbrød Sivert Jespersen kjærligt; „men — bliv ikke vred paa mig, — kjære Ven; om vi end i det ydre ere bevarede for Fald, saa glemmer du vel ikke, at der staar skrevet alvorlige Ord om Tanker, Ord og Begjæringer?"

„Mon nogen af Eder vil kaste den første Sten?" — spurgte Hans Nilsen roligt rundt i Kredsen.

Ingen svarede; og den, som sad nærmest ved Sivert Jespersen, traadte ham paa Foden for at faa ham til at holde op med dette. Men det var for sent; Fennefos tog en Beslutning og reiste sig raskt op; derpaa talte han saaledes:

„Kjære Brødre og Venner! — ja visselig — jeg brugte haarde Ord, da jeg sidste Gang talte blandt Eder. Jeg kom fra Elendighed og mødte Velstand; jeg kom fra Bekymring og mødte Sikkerhed; jeg kom fra Sult og Nød, og man satte mig ved den rige Mands Bord. Derfor mindedes jeg, hvad Hauge har efterladt os til Rettesnor: „De Ældste maa ikke se gjennem Fingre med nogen af deres Medældste i nogen Last, men tilbørlig straffe dem saavelsom enhver især. De, som have erhvervet sig de Troendes Agtelse og ville være — gode Kristne, bør holdes nøie Agt med, saa de ikke vænnes til Smiger og Blødhed, men taale endog skarpe Paamindelser og haard Mad.“ Derfor talte jeg som Pligten drev mig. Men efter den Dag er Herrens Haand falden tungt paa mig; og i min svare Syndighed mente jeg, at jeg aldrig mere turde fremtræde og tale et revsende Ord til nogen. Det var den Tid, i hvilken I have seet mig vandre nedbøiet og forsagt blandt Eder. Men lovet være Gud, som atter har opreist mig ved sin Naade; endnu tør jeg haabe, at Herren ikke ganske vil forkaste mig som et uværdigt Redskab. Men — kjære Venner; — blandt Eder kan jeg ikke længer dvæle.“

Alle saa uroligt paa ham.

„Mon du vel vil skille dig fra Brødrene?“ spurgte den Gamle.

„Nei —“ det vil jeg ikke; men jeg maa bort herfra, baade for min egen Skrøbeligheds Skyld, og fordi jeg frygter, at jeg efter dette ikke strængt nok kan revse og advare Eder; thi — kjære Venner! — jeg tror, I fare sørgeligen vild i mange Stykker.“

„Vil du drage nordover igjen?“ spurgte en.

„Eller kanske har Herren bøiet dit Hjerte mod de arme Hedninger i Afrika?“ — sagde en anden.

Hans Nilsen saa paa ham: „Tak skal du have for det Ord; jeg vil tænke over det og bede Aanden oplyse mig om det rette.“

Derved følte de sig alle lettede. Missionssagen var deres egen, vakt og sat igang af Herrnhuterne og Hauges Venner. Kom Hans Nilsen i Missionens Tjeneste, saa forblev han deres, og de vilde ikke miste ham; først nu følte de, hvad Støtte han var for dem alle.

Sivert Jespersen begyndte ogsaa strax at opmuntre ham til at lade sig udsende til de formørkede Hedningelande.

Men om det var Udtrykket: lade sig udsende eller om Hans Nilsen slet ikke kunde taale Sivert idag, nok er det, han svarede temmelig skarpt: „Hvis jeg gaar, saa er der kun en, som udsender mig, og det er Gud

Herren. I skulle ogsaa vogte vel paa Eders Missionsgjerning — kjære Venner! I mindes, hvorledes baade de Vantro og ikke mindst Præsterne bespottede Eder, da I begyndte. Og se allerede nu, da den Ild, I tændte, har bredt sig over Landet, saa at Hjælp og Gaver strømme rigeligen, se nu komme disse samme Præster fygende ligesom Ravne hidlokkede af den fede Lugt. De ville ikke lade Lægmændene beholde et saa kristeligt Værk, naar der er Livskraft i det; men de ville bøie det ind under Kirken — som de kalde det; — det er: de ville fordærve Eders Værk og føre alt sit Hovmod, sit Rethaveri, sin Strid og Ufordragelighed ind i det; og saalænge det gaar godt, ville de staa foran og raabe: se her er vi! — men hænder der noget galt, ville de krybe bagom og sige: ja saaledes gaar det, naar Folket vil raade sig selv."

Den gamle Ild var nu over ham. De Ældste saa paa hinanden med Bedrøvelse, at de skulde miste en saadan Broder, og en sagde:

„Men naar du ikke vil være vor Udsending, hvor vil du da gaa hen?"

„Jeg tænker nok, jeg skal finde Hedninger," svarede Hans Nilsen, „men lad os nu skilles for denne Gang; og maatte den Gud, som vakte vore Fædre, være i os alle med den første Kjærligheds Kraft, paa det at vi kunne fuldkomme hans Gjerning til Velbehagelighed."

Derpaa gav han dem alle Haanden — en for en, og de gik.

Det var en stille, tung Høsteftermiddag. Det lille Følge vandrede henover Markerne mod Byen. Haugianergaarden — som Folk kaldte den — laa vakkert i Aftensolen med sine solide og velmalede Bygninger. Jorden var tarvelig, men godt dyrket, og bag de pyntelige Stengjærder stod hist og her smaa Træplantninger.

Men da den lille Flok af de Ældste kom til Porten i Gjærdet, hvorfra Veien førte lige ned til Byen, stansede den gamle Farver og brast i Graad. De andre samlede sig omkring ham.

„Her stod jeg om Vaaren 1804 med min Fader og Hans Nielsen Hauge. Dengang var her Lyng og bare Fjeldknauser, hvor du snudde dig. Far og Hauge havde talt om at kjøbe hele Sletten og Myren her, saadan som det ogsaa blev. Hauge havde givet Raad og Anvisning til alt det, som han mente, her skulde indrettes og drives med — omtrent saaledes, som vi siden gjorde det. Da vi nu skulde gaa hjem igjen, sagde min Far: „Ja — vilde nu Gud bare lægge sin Velsignelse til!" — Han tænkte vel mest paa det timelige — Far; det var jo et vaageligt Foretagende, og mange Penge var der ikke dengang mellem Hauges Venner. Men Hauge selv smilede og svarede saa frimodigt: „Aa — neimænd er jeg ikke det Gran ræd for det — Ingebret! — hvis det er det timelige, du mener. Snarere vilde jeg bede Gud bevare dem, som komme efter os, mod altfor stor Lykke og Medbør i den verdslige Handel. Og det faar du mindes" — sagde han saa til mig — „du som nu er ung; der skal stærk Ryg til at bære gode Dage." Jeg ser ham saa grant for mig, han stod netop der. Han var jo ung selv endnu og ikke saa overmaade meget ældre end jeg. Men alligevel kjendtes det for mig, somom jeg stod foran noget høist ærværdigt og ophøiet, som jeg maatte bøie mig dybt for. Noget af det samme følte jeg idag, da han talte — den unge Hans Nilsen Fennefos. Det nytter ikke, vi nægter det, det er han, som har Ret; og det er vi, som ere blevne lunkne i den første Kjærlighed."

Den Gamle rystede vemodigt paa Hovedet og gik nedover mod Byen; de andre fulgte tause bagefter. —

— Madame Torvestad blev gammel af Ærgrelser i denne Tid. Brødrene havde taget Hans Nilsen fra hende og vedblev at handle bag hendes Ryg; og Methoden fra Gnadau viste sig ganske frugtesløs.

Vistnok blev Henriette bleg og mager af den megen Fasten og Indespærring; men til Gjengjæld kom der en trodsig Glød i hendes Øie; og en Dag hørte Moderen hende synge med freidig Stemme:

En Sømands Brud har Bølgen kjær,
Det stolte Hav hun fjernt og nær
Betragter som sin Brudeseng
Og Vuggen for hans Dreng.

Da brast Madame Torvestads Taalmodighed; og uden at betænke sig, som hun pleiede, fór hun ind til Henriette, gav hende en ordentlig varm Dask paa hvert Kind, og sagde, idet hun gik: „Jeg skal snart lære dig en anden Vise! — vent bare!"

Henriette sad som forstenet. Hun havde nok seet Moderen sint før og faaet mangen varm Dask i Opvæxten; men saaledes havde hun aldrig seet hende. Hun anede intet godt; alligevel havde hun ikke tænkt sig, at det skulde blive saa skrækkeligt som det blev.

Thi en Times Tid efter blev Henriette kaldt ned i Stuen, og der var Madame Endre Egeland. Den tykke gule Dame kyssede hende, og nu kom det ud: hun var i denne Time bleven forlovet med Erik Pontoppidan Egeland — det værste, hun vidste under Solen.

Da Sara hørte om denne Forlovelse, gik hun over i Bagbygningen, for at tale med Moderen. De lukkede sig inde; men Samtalen blev kort. Madame Torvestad viste strax sin Datter tilbage, og da det kom til Stykket, og Sara sad ligeoverfor Moderen i den gamle Stue, havde hun dog ikke Mod til at vove en afgjørende Kamp.

Hvad skulde hun desuden sige? skulde hun aabenbare sin egen Jammer og sin Skam?

Sara gik op til Henriette. Hun svarede ikke andet til alt, hvad Sara sagde, end: jeg vil ikke, jeg vil ikke; jeg har jo svoret. Hun var syg og havde Feber.

Sara fik Klæderne af hende og lagde hende tilsengs; men Moderen vilde selv pleie hende. Og Sara maatte gaa endnu tungere og mere ulykkelig end hun var før.

Altsom Ugerne gik udover mod Høsten, forhærdedes hendes Hjerte mer og mer. Fennefos havde faaet sit klare, rene Blik igjen; han saa henover hende, somom hun var langt borte.

Det blev fortalt en Dag, at han vilde blive Missionær. Sara hørte det; og der blev mørkere og mørkere i hende. Hun hadede sin Moder og afskyede sin Mand; men hun gik saa stille med det, at ingen anede, hvad for Tanker der tumlede i hende.

Jacob Worse var nu for Alvor kommen ikast med Djævelen. Det blev ham efterhaanden klart, at den Onde altid og overalt var paafærde baade udenom og inde i hans inderste Hjerte. Og de kjæmpede — Djævelen og Skipper Worse fra Morgen til Aften,og om Natten, naar han drømte.

Ialmindelighed tabte Worse.

Men en enkelt Gang kunde han ogsaa narre den snedige Satan, naar han itide kom underveir med hans fordømte List.

Saaledes en Dag med Skipper Randulf.

Han havde faaet Worse med paa en Tur i Byen og gik og snakkede og lokkede ham længer og længer udover mod Skibsværfterne; men med engang mærkede Worse det.

Han hørte af et Par Gutter, som løb forbi, at et Skib skulde gaa af Stabelen, og da var det ham let at gjennemskue den Ondes Snare.

Thi det var et gammelt Kneb af Djævelen at trække hans Tanker ind i al Syndigheden fra hans tidligere Liv ved Hjælp af saadanne Ting, som hørte til Sø og Skib.

Derfor havde han ogsaa for længe siden sat den halvfærdige Model af „Familiens Haab“ op paa Loftet, og da han nu mærkede, at Djævelen fristede ham gjennem Thomas Randulf, vendte han pludseligt om og skyndte sig hjem til Sara.

Men Randulf sørgede over sin Ven, og om Aftenen i Klubben sagde han: „Det er snart forbi med Jacob Worse; pas paa, hvad jeg siger: han lever ikke længe; det saa jeg paa ham idag.“

„Det tror jeg ikke,“ svarede en anden, „han ser vistnok noget gul og smaalig ud, men —“

„Ja jeg saa det nu paa Buxerne,“ svarede Randulf.

„Hvad er nu det for noget forbandet Sludder — Randulf!“ raabte

Lodsoldermanden fra Kortbordet.

„Sludder?" svarede Randulf slagfærdig, „ja dine Ord i Ære og mine bag Døren — Oldermand, men det er nu alligevel, som jeg siger. Naar Døden har mærket en Mand, bliver han saa forunderlig tynd og slunken i Buxerne."

De lo allesammen, og en mente, det kom af, at syge Folk blive magre.

„Nei — nei!" raabte Randulf med stor Iver, „det, jeg mener, har en egen Art. Buxerne blive ligesom saa tomme og tunge og lange, somom de vilde sige helt ned, og fremme over Foden lægger der sig tre store tykke Folder. Naar jeg ser det, saa ved jeg: den Mand lever ikke længe. Det kan I forlade Jer paa, for det er en Sanning, som er fast og urokkelig." —

— Da det begyndte at blive stygt Veir ude i Ootober, gik Jacob Worse endnu sjeldnere ud; han var bleven kuldskjær og sad helst inde i Stuen. I de smaa Bøger læste han saa godt han kunde; men det vilde dog ikke forhjælpe ham til Aandens Frimodighed, han trængte saa haardt.

I Forsamlingen var det underligt mellem alle de rolige, andægtige Ansigter at se denne gamle bekymrede Mand med det tætte, hvide Haar, rynket og slap i Ansigtet, men søgende med Øinene fra den ene til den anden, lyttende begjærligt efter, hvad der blev talt, om de da aldrig skulde komme — de Ord, der skulde skjænke ham Fred og Aandens Frimodighed.

Men Djævelen havde fra gammel Tid altfor fast Tag i ham. Han lagde Eder paa hans Tunge og onde Tanker ind i hans Hjerte; i Forsamlingen, naar Sivert Jespersen læste af Postillen, kom Djævelen halende med de to hundrede Tønder Salt; eller den Onde forvrængte hans Syn, saa at han fandt ud, at Endre Egeland sad og stirrede paa de unge Piger med sine smaa grønne Øine.

Om Natten, naar det tudede og blæste i Worsesmuget, tog Djævelen ham med sig ud paa Havet i Storm — ombord paa „Familiens Haab", saa at han fandt en syndig Glæde i at ligge og tænke paa, hvorledes han manøvrerede det gode Skib, og hvor smukt hun bar sig i den svære Sjø.

Eller Satan fristede ham til Hovmod, naar Garman & Worse gjorde store Forretninger; eller til Vrede og Utaalmodighed, naar Romarino kom og skulde have Penge eller Endossement.

Ja selv Thomas Randulf brugte Djævelen til at fordærve ham med; og en Dag, de mødtes paa Torvet udenfor Worses Gadedør, maatte han bare skynde sig ind igjen til Sara; det forekom ham skinbarligt, somom Randulf havde lange, krumme Kløer.

Inde i Stuen var det bedst, især naar Sara var der. Der kunde han, naar han var uhyre vagtsom, saa nogenlunde holde Djævelen fra sig.

Men imidlertid blev hans Onde altid værre; han sov daarligt og mistede Madlysten. Det eneste, han endnu ligte, var Erter og Flæsk — saaledes som han havde faaet det tilsøs i al sin Tid. Og hver Formiddag, naar han kjendte Lugten af Erter fra Kjøkkenet, blev han oplivet.

Men saa faldt det ham en Dag ind, om dette ikke ogsaa var en af den Ondes træske Snarer, for at lokke hans Tanke bort fra det ene Fornødne og hen til hans forrige Livs store Syndighed.

Og da de kom tilbords, kunde han neppe røre Maden; Djævelen var i Erterne ogsaa.

XIV

Min kjære Christian Fredrik!

Siden din salig Moders Død, hvis altfor tidlige Bortgang vi endnu begræde, ved jeg ikke, at jeg har befundet mig saa content og vel tilmode som i disse Dage. Der er i ethvert Menneskes Liv et Tidspunkt, hvor hans Væsen og indre Natur ligesom forandrer og omskifter sin Beskaffenhed Hans Interesser forblive de samme, den Grad af Iver, hvormed han omfatter sit Arbeide, behøver ikke at formindskes, og dog faar han, naar dette Tidspunkt indtræder, ligesom andre Øine at se med og tildels andre Følelser at føle med.

Denne Overgang, som jeg her kun ufuldkomment har formaaet at afskildre, er den uundgaaelige Overgang fra ung til gammel, og dette er, hvad der i de sidste Aar efter din Moders Død har langsomt og gradvis fuldbyrdet sig i mig; og med Tak til et naadigt Forsyn kan jeg idag sige, at jeg føler mig lykkelig ved at være bleven en gammel Mand.

Men allermest maa mit Hjerte dog opfyldes af Taknemlighed, naar jeg betænker, hvormeget jeg endnu besidder saavel af legemlig Kraft og Sandhed som og især af aandelig *verve*, saa at intet af, hvad der hidtil har optaget og sysselsat mine sjælelige Evner, endnu er blevet mig fremmed eller ligegyldigt. Kun er der kommet mere Ro i Sindet, Hjernen er mere velskikket til at udføre sine. *functiones* uforstyrret af Lidenskaberne; Ungdommens ofte noget overilede Iver er afløst af den fuldt modnede Mands rolige Besindighed.

Jeg skriver idag mere udførligt til dig min kjære Søn og om adskillige Materier, som vi sædvanligvis ikke gjøre til Gjenstand for vor *correspondance*; men jeg bevæges dertil dels ved Ønsket om, at sætte dig ind i Forholde, i hvilke du vil komme til at indtræde, dels ogsaa ved Haabet om, at dette Brev vil blive et af de sidste, som vi udvexle paa saa lang *distance*. Thi det er nu og fremdeles mit Ønske og min faderlige

Vilje, at du i Overensstemmelse med tidligere Aftale mellem os vender tilbage til dit Hjem ved anstundende Foraar; idet jeg henstiller til din egen Afgjørelse at vælge, om du vil lægge Hjemveien fra Paris over Kjøbenhavn eller om du vil tage tilbage til England og derfra komme herover med en af de første Hummerkuttere.

Det vil forvolde mig en meget stor Glæde at se dig ved god Helbred hjemme igjen, og jeg haaber, at ogsaa du paa din Side vil finde dig tilfreds og lykkelig i disse Omgivelser og ved at arbeide i vor Forretning. Vistnok er det ikke gaaet mig af Minde, at da jeg selv i din Alder vendte tilbage fra et fleraarigt Ophold i Udlandet, forekom Sandsgaard mig at være en afsides og støvet Krog af den store Verden. Men Livets Erfaring har belært mig om, at den Mand, der er i Besiddelse af en fornuftig Livsfilosofi og dydige Principer, han vil ogsaa letteligen finde sig tilrette, hvorsomhelst end Skjæbnen maatte ville placere ham. Og jeg tør haabe, at selv om du saaledes kommer directe fra Paris, vil Sandsgaard i sin nuværende Skikkelse dog ikke fremtræde for dig som et saa ganske uværdigt Opholdssted, idet jeg nemlig har i den senere Tid ladet den hele Hovedbygning oppudse og *decorere*, saa at mig forekommer det, somom nu intet andet *manquerer* end en Skare af unge og glade Mennesker, for atter at fremtrylle hine Tider, ved hvilke min Erindring bestandig ynder at dvæle — halvt besløret dog af Savn og Vemod.

Dog — hvorfor vil jeg atter sysselsætte mine Tanker med at fremmane en Sorg, som dog bestandig vil kaste sin Skygge over mit Liv! lad os vende vort Blik mod Fremtiden, som ialfald for Eder Unge synes at kunne bringe lysere Dage, — som den vel maaske ogsaa for mig ved Beskuelsen af Eders Lykke kan frembringe nogen Erstatning og Husvalelse efter saa mange udgydte Taarer.

Det vil uden al Tvivl have været Gjenstand for din Opmærksomhed, at jeg i vor senere *correspondance* med en bestemt *intention* har bestræbt mig for at bibringe dig en saa udstrakt Kundskab om vor Forretning som det uden altfor stor Vidtløftighed lod sig gjøre. Jeg betragter dig nemlig allerede som min Medhjælper og *associé*, hvortil jeg ifølge dine Breve og dine Regnskaber samt efter hvad dine Foresatte have meddelt mig under dit Ophold paa forskjellige Steder i Udlandet før haabe, at du ikke vil være uskikket — endmindre uværdig. Det vil saaledes være dig bekjendt, at Huset har havt gode Tider; det er vistnok noget, som en Kjøbmand nødig siger; men imellem os kan jeg vel omtale det: Huset har havt ganske overordentligt gode Tider.

Du vil derfor — det haaber jeg — med glad Overraskelse iagttage, at flere Grene af Forretningen, som jeg hidtil af Mangel paa *resourcer* ikke har formaaet tilstrækkeligen at *cultivere*, have nu ligesom Planter under en rigelig Regnstrøm skudt en glædelig Væxt paa Grund af det større Forraad af *contante* Penge. Du vil saaledes ved din Ankomst til Hjemmet forefinde en vid Mark for dine yngre Kræfter, ligesom du vil blive forskaanet for den Ængstelse og Uro, hvoraf jeg i mange Aar uden dit og noget Menneskes Vidende har været hjemsøgt.

Jeg kommer nu til det Punkt i1nit Brev, som vel maa kaldes Hoved- eller *Cardinal*-Punktet i samme: nemlig vort Forhold til Worse. I vor *correspondance* have vi aldrig synderlig underholdt os om denne Sag; ikkedestomindre har jeg troet at bemærke, at det ikkun har været din sønlige Ærbødighed, som har afholdt dig fra at underkaste mit Forhold ved Jacob Worses Optagelse i Firmaet en strængere *critique*. Jeg vil af denne Grund — min kjære Christian Fredrik! — herved ligefrem sige dig en Gang for alle: det var vort Hus's Redning, *ni plus ni moins*. Det kan saa være,at der ligger noget for os ydmygende i dette; men jeg for min Del kan fremdeles ikke indse andet, end at det vilde have været langt mere Ydmygende og for vor *credit* skadeligt, om vi underhaanden og halvt i Hemmelighed havde modtaget nogen *subvention* af en af vore egne Skippere. Derfor var jeg den, som krævede Forandringen af Firmaet, idet jeg fandt saadan aaben Fremgangsmaade at være ikke blot mest overensstemmende med vor egen Værdighed, men ogsaa med de i den solide Handelsverden gjældende Principer; ihvorvel jeg ikke vil nægte, at det var mig haardt at forandre min Faders gamle Firmanavn, ligesom jeg ingenlunde er blind for de Forviklinger, som endnu af dette Compagniskab kunne *resultere*. Disse Ting har jeg i den senere Tid flittigen overveiet, og det er min Hensigt gjennem dette Brev at sætte dig ind i Sagernes Stilling for nærværende Tid, samt korteligen at meddele dig en Oversigt over den Plan, som jeg agter at forfølge og forhaabentligen *realisere* for Fremtiden.

Vor gamle *Jacob Worse* er fortiden meget syg, og efter det Besøg, som jeg for nogle Dage siden aflagde ved hans Sygeseng, kan jeg desværre ikke være i Tvivl om, at jo hans Dage ere talte; hans Ægteskab blev som jeg baade tænkte og forudsagde til liden Lykke for ham. Thi som det vil være dig bekjendt tilhører hans Kone de religiøse Sværmere, og i disse faa Aar har det lykkedes for hende i Forbindelse med hendes Moder og den øvrige hellige Bande i en saadan Grad at fordærve og ødelægge vor gamle *Worse*, at jeg ikke vil vanzire dette Papir med at udmale hans sørgelige *decadence*; men jeg vil foretrække at lægge Baand paa min Sorg og Harme, og ikkun henholde mig til det forretningsmæssige.

Naar nu *Jacob Worse* afgaar ved Døden — og under hans nærværende

Tilstand kunne vi blot tilønske ham en snar og blid Bortgang —, vil der altsaa blive at afholde Skifte mellem hans Enke og hans Søn af første Ægteskab, og er det herfra, at der letteligen kunde opstaa Forviklinger for vort Firma. For om muligt at undgaa saadant, har jeg fattet den Beslutning, naar Tiden kommer — at tilbyde den unge Hr. *R. Worse* en Udløsning af Firmaet mod *contant*, hvilket Tilbud jeg er tilbøielig til at tro, at han vil antage, saavel af den Grund at jeg agter at *offerere* ham en betydelig Sum, som ogsaa fordi han, efter mit vistnok noget overfladiske Bekjendtskab til ham, — formentlig vil sætte Pris paa at erholde et betydeligt Beløb i *contanter* eller let *realisable* Værdipapirer. Som oven antydet kjender jeg ikke meget nøie til det unge Menneske; men jeg har dog modtaget det Indtryk, at den unge Hr. *R. Worse* ikke er en Person, som vi kunne ønske at samarbeide med; og ihvorvel jeg nok tror, at jeg, saalænge Forsynet forunder mig Kraft til at staa i Spidsen for denne Forretning, vel skulde vide at holde ham Stangen, saa vil jeg dog ikke paabyrde dig en *compagnon*, til hvilken vi ikke kunne have fuld Tillid.

Denne Forandring haaber jeg at have iværksat inden din Hjemkomst — som jeg ogsaa haaber, at samme vil vinde dit Bifald. Paa den ene Side er der vistnok noget stødende ved dette kortvarige *Compagniskab* med *Worse's*; men paa den anden Side maa vi aldrig glemme, at det var gamle *Jacob Worses* Penge, som reddede os; og jeg paalægger dig herved at have et Øie med den Familie; vi forskylde bestandigt at staa den bi i Raad og Daad. Naar denne *affaire* bliver ordnet, vil jeg være fuldkommen rolig i mit Sind; og haaber jeg da, at vi endnu skulle have foran os en smuk Række af Aar til at arbeide sammen i „*Garman & Worse*".

Dersom du allerede, — hvad jeg efter dit seneste Brev maa formode —, er ankommen til Paris, vil du der uden al Tvivl have nydt den Glæde at mødes med din Broder *Richard* i vor *legation*, hvortil jeg ogsaa adresserer dette Brev. Jeg er overbevist om, at I ville gjensidigen have megen Nytte og Fornøielse af hinandens Selskab i den store By. Din Broder *Richard* vil gjennem sine Forbindelser være istand til at forskaffe dig Adgang til Kredse, hvor du ellers som fremmed vanskeligen vilde kunne komme; medens jeg paa den anden Side ingenlunde tvivler om, at din Nærværelse i mange Maader kan være gavnlig for din yngre Broder.

Den Fremtids Løbebane, som *Richard* har valgt, medfører ganske vist større expenser og en mere *luxurieus* Levemaade end der udfordres — eller vel endog vilde være sømmelig for en Kjøbmand; ikkedestomindre vil jeg herved lægge dig paa Hjerte, om du ikke ved broderlig Formaning kunde indprente *Richard* et større Maadehold i Brugen af Penge. Misforstaa mig ikke, somom det var min Mening, at du skal forspilde

Eders korte Møde ved at give ham strænge *lectiones*, eiheller ønsker jeg, at du skal lade ham tilflyde saadan Meddelelse, at han deraf kunde formode noget Mishag fra min Side. Jeg ønsker tvertimod, at I begge benytte Eders Ophold i Paris til at indsamle glade og skjønne Indtryk, hvortil denne By frembyder saa herlig Anledning, — i et Omfang og med saadan Udgift som det sømmer sig for *gentlemen* i vor Stilling, men holdende Eder langt borte fra al unødig Ødselhed, der kun er et Vidnesbyrd om den mindre vel *Cultiveredes* forfængelige Lyst til pralende *ostentation.* — Eftersom din Broders Ophold i Paris sandsynligvis vil blive af længere Varighed end dit, vil jeg lade de *accreditiver*, som Huset sender Eder herfra med denne samme Post, udstede til *Richards* Ordre; og medens jeg taler om din yngre Broder, vil jeg ikke undlade i al Fortrolighed at gjøre dig en Meddelelse. Du vil efter min Død ikke finde nogen *conto* for *Richard.* Hans Opdragelse har af mange Grunde været mere kostbar end din; men ikkedestomindre er det min Vilje, at I som gode Brødre dele ligt og ligeligen; dog vil jeg tilraade dig, at du kun portionsvis overrækker din Broder, hvad ham tilkommer, samt bede dig, at du aldrig vil overrække ham den sidste Portion.

Thi din Broder *Richard* har — med alle sine Gaver og herlige Egenskaber — kun ringe Evne — frygter jeg — i til at samle og bevare jordisk Gods. Derfor skal du — min kjære *Christian Fredrik!* som af en gunstig Natur har erholdt denne Evne, være for din Broder en broderlig Formynder. Hils den kjære Dreng meget hjerteligt fra mig; og bed ham tillige, om at søge Medvirkning hos noget musikkyndigt *individ* i sin Bekjendtskabskreds, for i Forening med dig at udvælge et godt Flügel hos *Erard*; hvilket du da maa besørge forsvarligt indpakket og afsendt, eller maaske du selv kan tage det med dig til Vaaren, naar du kommer. Det gamle Claver tilfredsstiller ikke Nutidens Fordringer til stærk Lyd, og efter din Moders Død er det mig desuden pinligt at høre de gamle Toner, der altfor bittert minde mig om mit store og uoprettelige Tab.

Her har i flere Uger hersket stærke og vedholdende Storme, og vi have modtaget flere Efterretninger om Vrag og Søulykker langs Kysten. Lykkeligvis befinder intet af vore Fartøier sig for nærværende Tid i disse Farvande; men for flere af Byens Skibe, der ere ventende hjem fra Østersøen, gaar man efter Sigende i stor Ængstelse. Du vil forøvrigt forbauses, naar du lærer at kjende, hvilket stort Opsving vor gode Byes Handel og Skibsfart har taget i de sidste Aar; ligesom jeg ogsaa formoder, at du vil finde meget af det, som her foregaar og foretages, at være ligesaa besynderligt som jeg finder det. Hvad der især vækker baade min Forundring og Bekymring er, at det religiøse Sværmeri, som i min

Ungdom kun fandt Indgang hos Bønder og ganske udannede Personer, nutildags saa langt fra at tabe sig og helbredes, hvilket var at formode og haabe, meget mere synes at udbrede sig og vinde Tilhængere ogsaa i de Klasser af Befolkningen, om hvilke man dog kunde vente, at de ved fornuftig Oplysning vare beskyttede mod saadan Daarskab. Det er endogsaa kommet mig for Øre, at unge Præster skulle vise Tilbøielighed til at bifalde — ja vel endog ligefrem slutte sig til denne aldeles meningsløse og høist skadelige „Vækkelse“ — som det kaldes. Dette maa i høi Grad beklages af enhver god og oprigtig Fædrelandsven. Thi ligesaa gavnlig som en fornuftig religiøs Oplysning er for den gemene Mand, ligesaa skadeligt — ja fordærveligt bliver det, naar Hyklere og aldeles ulærde *subjecter* kaste sig over den hellige Skrift, den de hverken forstaa at tyde eller retteligen anvende. Og dersom det nu virkeligen forholder sig saa, — hvad jeg dog neppe kan fæste Lid til —, at selv Geistligheden vil lade sig føre tilbage til pietistisk Vankundighed og ufornuftig Grublen og Sværmen, da nærer jeg stor Frygt for, at saadant vil blive til stor Skade for vort kjære Fædreland. Imidlertid ved du, at der i visse Henseender er et langt Stykke Vei mellem Byen og Sandsgaard, og jeg haaber, du vil finde Luften herude lige saa fri og renset som før.

Og nu min kjære Søn! — vil jeg slutte med en kjærlig Hilsen til dig og *Richard* fra mig selv og dine to Tanter. De gode Damer have netop Hofsorg — som *Jacob Worse* sagde i de gamle Dage; men de glæde sig ikkedestomindre hjerteligt til at gjense dig, og jeg har en Mistanke om, at de agte at gifte dig bort strax; thi de have en stor Trang til smaa Børn. Ja ogsaa jeg har — oprigtig talt — en stærk Forlængsel efter atter at fornemme nyt Liv med Latter og smaa trippende Skridt i det gamle Hus.

Din dig elskende Fader

Morten M Garman.

XV

En Storm kan gaa an, selv om den er temmelig stiv, naar man er paa Landjorden.

Men naar det blæser lige galt i ugevis — Dag efter Dag, Nat efter Nat, saa Ingen længer kan holde Greie paa, hvad Tid den ene Storm begyndte og den anden sluttede, — da er der faa, som gaar fri for en knugende, nervøs Ængstelse, hvis de bor i en liden Træby ved den aabne Fjord med selve Havet brølende lige udenfor.

Da sænker Himmelen sig saa lavt, at Skyerne slæbe langs Jorden, og Regn og Sjøraag fyger langt indover Landet; Dagen er lysegraa med brandgule Uveirsglimer og Natten saa svart og tæt som en Ligkiste.

Da er det værst, naar man ligger nøgen og hjælpeløs i sin Seng, og Stormen presser sig ind i smaa, krogede Gader, rusker i Tagrenderne og kaster Tagsten ned.

Naar man saa ikke har sovet ordentligt i flere Nætter, og Dagen er gaaet med at kige fra Barometret op i den graa forrevne Himmel eller ud paa den øde Gade, hvor der hist og her er en rød Flek i Sølen efter en knust Tagsten, eller med at høre Fortællinger om Ulykker i Byen paa Vinduer og Tage eller paa Havnen, — eller om, hvor nær det var ved at blive Ildebrand inat — Brand i saadan en Storm! — da er det, en og anden begynder at tvivle, om alt gaar rigtig til, om ikke Verden er kommen lidt i Ustand, om ikke alt vil rives istykker, rodes sammen og Havet vælte ind over de lave Skjær og skylle Huse og Kirker og hele Stellet ud i Fjorden som Fyrstikæsker.

„Guds Vrede er over Landet," sagde Haugianerne og holdt paa sine Hatte, naar de gik til Forsamlingen; ved Indgangen hvirvlede Vinden Snippen af Kastetørklædet over Hovedet paa Kvinderne, saa de kom ganske fortumlede ind i den lave, halvlyse Forsamlingssal.

Der sad de og trykkede sig tæt sammen; medens han, som læste, maatte hæve Stemmen eller endog helt slutte, naar Stormen tog et Kjæmpetag i Asketræerne udenfor og rystede Vinduer og Døre.

I Stilheden, som fulgte, naar Flagen var over, begyndte han saa igjen at læse; men Stemmen var svag, uden Liv og uden Frimodighed. Og de saa fra den ene til den anden; men intetsteds var der Frimodighed at se; Kvinderne fór sammen ved hvert nyt Vindstød, og Mændene havde meget at tænke paa.

Flere af Haugianernes Skibe vare underveis fra Østersøen og St. Uebes. De gik og ventede og ventede; men der kom ikke noget, og saa blæste det værre og værre — Storme fra Sydvest op til Nordvest bestandigt galere og galere; havde de ikke itide søgt Nødhavn paa Østlandet, saa Gud naade baade dem og os.

Selv Sivert Jespersen sad uden Smil og borede sine Hænder ind i Frakkeærmerne, indtil han fik Tag helt oppe ved Albuen; saaledes sad han stille og kneb til, somom han vilde holde fast paa noget.

Madame Torvestad sad stræng og myndig paa sin Plads; mange saa paa hende; hun var da ialfald rolig. Men den, som de mest trængte til at have imellem sig, var der ikke.

Allerede for otte Dage siden havde Fennefos taget Afsked med Vennerne i al Stilhed; han tog over til England med en Hollænder, som havde ligget i Havari; derfra var det nok hans Agt at gaa til Indien.

Forresten var han ikke kommen af Landet endnu; thi Hollænderen havde søgt Udhavn for Storm, og der laa Fennefos veirfast ude i Smørvigen en halv Mils Vei fra Byen; han havde endog været inde et Ærinde for et Par Dage siden.

Stormen havde været nogenlunde moderat til over Middag; men i Mørkningen sprang den om paa Nordvest og blev værre end nogensinde. Store Dønninger kom indover Vaagen, løftede Fartøierne og de tunge Førebaade og brusede ind i Stenmuren under Søhusene, skyllede hist og her op mellem Gulvbordene, fordi der var saa ualmindeligt høit Vande. I Riggen paa de store Skibe peb det som af hundrede Klarinetter fra Helvede, og det knirkede og knagede i Fendere og Fortøininger.

Nedover Svalen paa Jacob Worses Søhus kom en spinkel, hvid Skikkelse løbende, famlende sig nedover Trappen og stod i første Etage, hvor Gulvet ligesom gyngede hver Gang Søen løftede sig indunder Huset.

Med al sin Kraft fik hun trukket den ene Søhusdør saa meget tilside, at der kom en Sprække, som hun kunde presse sig ud igjennem; hun holdt sig fast med den ene Haand, og bøiet ud over det sorte Vand gjentog hun endnu engang sin lille Ed, førend hun slap:

„Jeg lover og sværger at elske dig trofast i Liv og Død og aldrig gifte mig med nogen anden. — Lauritz! — min egen Lauritz!"

Derpaa slap hun Taget, og den tunge Sø trak hende ind under en Førebaad, som laa fortøiet udenfor Søhuset, og hun kom ikke op igjen. Først senere paa Aftenen fandt nogle Søfolk, som havde været ombord i et Fartøi, for at efterse Fortøiningerne, noget hvidt, som laa og skyllede op og ned i Stentrappen ved Torvebryggen.

Rygtet løb fra Torvebryggen udover hele Byen endnu fortere end et saadant Rygte ellers løber; thi alle vare saa opskræmte og spændte efter det lange uhyggelige Veir, at dette Lig, som var fundet, faldt lige ind i Stemningen, slog Følge med Stormen og blæste over Byen i fem Minutter.

Smaabørn, som vare ifærd med at gaa iseng, hørte, hvorledes Pigerne ude i Kjøkkenet slog Hænderne sammen og „bevarede sig"; men naar de spurgte Mor, hvad det var, saa fik de ikke vide andet, end at det var noget, som Smaabørn ikke maatte vide; og saa troede de, at det var noget ganske forfærdeligt fælt og krøb skjælvende under Dynen.

Men Rygtet selv spaltede sig i talløse Varianter. Nogle sagde, hun var sprungen af Sengen i Vildelse, — hun laa i Nervefeber, — mens Madame Torvestad var i Forsamlingen og Pigen ude. Andre mumlede bare og rystede paa Hovedet.

Og disse blev efterhaanden de fleste.

Det var de, som mente, at her var det igjen blevet aabenbart, hvad der gik isvang blandt „de Hellige".

Henriette Torvestad havde taget Livet af sig — det blev snart slaaet fast; hun skulde have et Barn, — eller Moderen vilde tvinge hende til at tage Erik Pontoppidan; — ja Moderen, — den myndige Madame Torvestad havde Skylden, hun og Haugianerne — de mørke, lumske Haugianere, som hverken undte sig selv eller andre nogen Glæde, — de havde dræbt den stakkels Pige, de førte Ondt over Byen; derfor var her saa uhyggeligt og fælt, somom Stedetvar forbandet, Lig laa og drev paa Vaagen, og Storm fulgte hylende paa Storm uden Ophør, somom Dommedag var nær!

Mange maatte ud paa Gaden, saa surt som det var, for at faa ordentlig Besked; de fandt en Klynge af Mennesker samlede om et Par forskræmte Lygter nede paa Torvet.

Haugianerne fik Efterretningen, da de netop vare komne hjem fra Forsamlingen. Sivert Jespersen tog Kavaien paa igjen, slog Kraven op og skyndte sig gjennem de mørke Gader til Madame Torvestad.

Men flere end han vaagede sig ud; ængstelige Mænd og Kvinder af Haugianerne fik en Skræk for at sidde alene hjemme med denne Nyhed, der ligesom vakte ond Samvittighed hos dem alle. De tog Mod til sig og gik afsted, for at faa Vished og høre, hvorledes de Ældste tog det. I Gaderne ved Torvet mødtes de med andre; men paa Madame Torvestads Hjørne ved Worsesmuget havde der allerede samlet sig mange Folk og Lygter.

Hvergang en af Haugianerne vilde forbi, lyste de ham i Ansigtet og raabte hans Navn med haanende Ord eller Vittigheder. De maatte gaa Omveie for at slippe ind; ved Døren stod et Par af Vennerne, som aabnede, naar Stemmen var kjendt, og lukkede strax igjen.

Indenfor følte de sig tryggere; thi Worsegaarden var bygget helt i Firkant med Gaardsrum i Midten som en Fæstning. Men her var Rædsel og Forvirring. Madame Torvestad sagdes at være gaaet fra Forstanden; hun sad stiv ved Sengen og saa paa Vandet, som dryppede, og ingen maatte røre Liget. Den gamle Farver var hos hende; andre taalte hun ikke.

Og i Hovedbygningen laa Jacob Worse og kjæmpede sin sidste Kamp med Djævelen. Han laa i et Kammer mod Gaarden; — i Stuerne mod Torvet turde de ikke vise Lys, for ikke yderligere at ophidse Mængden ude paa Gaden, der øgede og stundom brød ud i en truende Mumlen.

Efterhaanden samledes de fleste betydelige Mænd og Kvinder af den haugianske Kreds. De gik blege omkring, alle vare ængstelige og forvirrede; der var intet Hoved blandt dem, og imens voxte Stormen, saa

Huset rystede.

Jacob Worse laa i Sengen — gul med fortrukket Ansigt. I flere Dage havde han havt heftige Smerter; nu var det, somom alt efterhaanden slappedes, og baade Lægen og den kloge Kone havde erklæret, at det blev hans sidste Nat.

Men Kampen var ikke slut endda. Det kunde man se paa hans Øine, der gik urolige fra den ene til den anden, naar Sara var ude. Undertiden syntes han at falde i en stor Angst, kastede sig frem og tilbage, mumlede noget, de ikke forstod og vred Hænderne om hinanden.

„Han er besat af Djævelen," sagde en af Kvinderne.

Og denne Mening vandt Indgang hos de fleste. Nogle tog til at lede i Salmebogen eller i Bibelen eller i de mange smaa Bøger efter saadanne Bønner og Sange, som kunde bruges, naar nogen var besat af den Onde.

Men de fleste vare altfor optagne af det skrækkelige med Henriette og af at kige ud paa den urolige Mennækemasse udenfor.

Sara gik omkring med et aandsfraværende Ansigt, der vel kunde se ud, somom det var forstenet af Sorg. Og dog var det ikke Sorg.

Skilsmissen fra Fennefos og Henriettes Død blandede sig sammen i et lammende Slag; lagde bare en tættere, kold Forhærdelse omkring hende. Hendes døende Mand derinde i Sengen, alle de forskrækkede Mænd og Kvinder, Larmen derude paa Gaden — hvor var det hende ikke altsammen ligegyldigt; hun kunde gjerne have sat sig midt i Stuen og givet sig til at le af dem.

Men udenfor blev det bestandigt værre. Et Par halvvoxne Gutter gav sig til at dundre i Væggen; nogle nærmede sig Vinduerne, steg op paa Vandbordet og trykkede Ansigterne flade mod Ruden. Haugianerne krøb iskjul i Krogene; Sivert Jespersen laa næsten under Bordet.

„En faar gaa ud og snakke dem tilrette," foreslog en af de ældre Kvinder.

Det maatte være Sivert Jespersen, han var den ældste blandt dem; men han turde ikke. Han vidste altfor vel, at det bare vilde gjøre ondt værre, om han kom frem. Den gamle Farver sad oppe hos Madame Torvestad; man fik heller bede ham prøve.

Det faldt ingen af dem ind at tænke paa Politiet; man var ikke i Byen — og allermindst Haugianerne — vant til at vente nogen Hjælp fra den Kant; skjønt Opløbet nu fyldte hele den trange Gade og en stor Del af Torvet foran Skipper Worses Gadedør. Der maatte være fine Folk ogsaa iblandt, for enkelte af Lygterne vare af de kostbare sexkantede af blankpoleret Messing.

Men medens de raadsloge om, hvorvidt de skulde hente den gamle Farver eller ikke, blev Mængden derude ganske stille; der hørtes kun de hurtige Fodtrin af dem, der skyndte sig ud af Gaden og hen paa Torvet. Her stimlede de sammen om noget, og alle Lygterne vendte indad mod Midten, saa der blev forholdsvis lyst; og over Hovederne paa de fleste kjendte Haugianerne deres egen Hans Nilsen Fennefos.

Han talte til Folket; Ordene kunde de ikke høre i den rasende Storm; men de vidste jo, at naar han vilde, maatte Hjerterne bøie sig for ham; og idet de alle — Mænd og Kvinder strømmede til Vinduerne, takkede de Gud for denne Frelse og lykønskede hverandre, somom deres Liv havde hængt i en Traad.

Men Sara blev siddende alene inde i Sygeværelset. Nu var hun ganske optaget af dette ene: at hun skulde se Fennefos igjen; hun gruede for det, hun skalv næsten, og hun syntes, at alt dette ikke kunde bæres.

Worse saa paa hende; men i hendes forstyrrede Ansigt fandt han ingen Trøst; han lukkede da sine Øine og syntes at falde hen i en Døs.

Fennefos kom ind Gadedøren og modtoges i den mørke Gang af talrige Hænder og kjærlige Ord. — Det første, han sagde, da han traadte ind i Stuen, var: „Hvorfor sidde I her i Mørket? mon I have noget at frygte af Lyset?"

De syntes alle, at han talte saa altfor høit, siden de selv havde hvisket hele Tiden; men et Par af Kvinderne skyndte sig efter Lys og Gardinerne bleve rullede ned.

„Du kom i rette Tid — Hans Nilsen!" sagde Sivert Jespersen og klappede ham kjærligt paa Skulderen.

„Hvor deilige ere deres Fødder, som forkynde Fred, som forkynde godt Budskab," anbragte Nicolai Egeland.

„Jeg kom ellers for at melde Jer et tungt Budskab," sagde Hans Nilsen og saa alvorligt fra den ene til den anden, „skjønt jeg ser, her er Jammer nok i dette Hus. — Vi fik vide ude i Smørvig ieftermiddag, at Eders Skib Ebenezer er strandet søndenfor Bratvold; ikke en Mand kom iland; derfor gik jeg herind, at I kunde forberede og tage Jer af Enkerne og de Faderløse."

„Herren gav, Herren tog, Herrens Navn være lovet," sagde Nicolai Egeland.

Sivert Jespersen vendte sig bort og gik for sig selv ind i den anden Stue; det saa ud, somom han regnede.

Paa Gaden havde Folk begyndt at sprede sig. Fennefos var kjendt og paa en Maade agtet; det gjorde ogsaa en vis Virkning, at han, som de alle vidste var reist bort, for at blive Missionær i Indien, nu pludselig stod midt iblandt dem.

Der var desuden dette ved Manden, som gjorde, at alle maatte høre paa ham, naar han talte. Han sagde dem nogle faa alvorlige Ord om, hvor ilde det sømmer sig for enhver af os at lægge Sten til Byrden naar Herrens Haand er falden tungt paa en Broders Hus.

De fine Lygter forsvandt og andre fulgte; der var desuden saa surt og uhyggeligt i den fygende Storm midt paa Torvet; lidt efter lidt spredtes Sværmen; en og anden gav et arrigt Slag i Væggen, idet de gik forbi Madame Torvestads Hjørne.

Fennefos havde sat sig ned blandt Haugianerne inde i Sygeværelset og talte endnu engang til dem. Henriettes Død havde grebet ham dybt, og hvert Ord, han sagde, dirrede af Smerte og Medynk og fandt Vei til alle de forpinte Hjerter.

Alle lyttede, nogle græd stille; alene Sara sad med halvt bortvendt Aasyn uden at røre en Mine. Undertiden vendte hun sig mod ham; han saa paa hende som paa en af de andre — aabent og lyst. Men hendes dybe, stærke Øine borede sig ind i hans — som en Klage, som et Skrig i den yderste Nød: nu da hun skulde til at blive fri, nu var det altsammen for sent, forspildt, øde; vilde han ikke hjælpe hende?

Han vilde ikke, saaledes som hun vilde. Han talte, somom han allerede var langt borte, somom de bare hørte den elskede Stemme raabe velsignede Ord til dem fra det fjerne.

Derpaa reiste han sig og bød Godnat og Farvel.

Der blev stor og smertelig Overraskelse mellem dem: vilde han nu forlade dem igjen? tage Freden bort, han netop havde bragt? — de flokkedes om ham med Bønner og gode Ord, talte ogsaa om Stormen og det fæle Veir, „du finder knapt Veien — Hans Nilsen i dette begende Mørke.“

Men da svarede han stille med sin Moders Vers:

„Han, som kan Stormen binde
Og lede Bølgen blaa,
Han ved og Vei at finde,
Hvorpaa min Fod kan gaa.“

Ved Døren vendte han sig endnu engang og saa kjærligt paa dem alle. Tilslut kom han til Sara, som stod tæt ved ham; han rakte hende for sidste Gang sin Haand til Farvel, og i hans Blik kom der hele den gamle uskyldige Kjærlighed fra deres Ungdom — saa varmt og aabent, men saa vemodigt og fuldt af den dybeste Medynk.

Da de andre fulgte ham ud i Gangen, vendte Sara sig, tog et Lys og gik ovenpaa, for at hente noget Lintøi. Men foran Linnedskabet brød hun sammen og begyndte pludseligt at græde.

Hun græd først tungt og ondt; men efterhvert smeltede altsammen, og hun græd over den arme Henriette, over sig selv, over alt, som var saa bundløst sørgeligt. Der stod ikke andet foran hende end dette lyse, rene Blik, og i dette Blik løste Taarerne Forhærdelsen, som havde lagt sig om hende, og milde, fromme Tanker kom igjen fra den Tid, Hans Nilsen og hun fulgtes til og fra Forsamlingen og talte saa godt og uskyldigt med hinanden.

Saaledes fandt et Par af Kvinderne hende grædende foran Linnedskabet, og den ene sagde til den anden: „Se! hvor hun elskede ham."

Hun reiste sig forvirret; men blev strax rolig, da hun forstod, de mente hendes Mand.

Nogle Mødre, som havde smaa Børn, gik nu hjem, da Gaden var fri. — Men de fleste vilde blive der hele Natten, for at vaage og bede over den arme Skipper Worse og være ved Haanden, om noget skulde forefalde i Bagbygningen. Af og til gik en over og lyttede ved Døren. Den gamle Farvers Stømme hørtes, og det glædede de sig over; thi de mente, at Madame Torvestad maatte være kommen til sig selv igien, naar han kunde tale til hende.

Ved Midnatstid blev der bragt Kaffe ind i Stuen, og de skiftedes til at gaa ind og tage sig en Kop for at holde sig vaagne.

Men inde i Sygeværelset sad de og læste af de hellige Bøger, eller En bad en Bøn for den stakkels Syge, at Herren snart vilde løse op for ham og gjøre hans sidste Time god og blid.

Jacob Worse havde ligget et Par Timer ganske stille; de vidste ikke, om han havde sin Bevidsthed eller ei. Sara satte sig ved Sengen og tog hans Haand; det var vel den første Gang, hun viste ham noget, som kunde ligne et frivilligt Kjærtegn. Men det var for sent; han mærkede det ikke.

Eftersom Natten led, sagtnede Stormen; og Læsningen og Bønnerne mattedes ogsaa af. Alle havde havt saamegen Sindsbevægelse, at Trætheden nu sneg sig over dem, da Stormen ikke længer ruskede saa vildt; og den Syge laa saa stille og fredeligt.

En og anden faldt hen i en liden Søvn; Sivert Jespersen lukkede ogsaa Øinene; men han sov ikke, han regnede fremdeles. Læsningen gik istaa og der blev ganske stille iblandt dem.

Men med ét fór de alle iveiret. Thi henne fra Sengen raabte Jacob Worse: „Lauritz — din Dævlunge! — op og klar Vimpelen!"

De styrtede hen mod Sengen og tog Lysene med; blege og forstyrrede stirrede de paa den Døende, de troede, det var Djævelen selv, som talte ud af ham; Sara havde kastet sig ved Sengen og bad.

Men Jacob Worse laa der helt forandret; Øinene vare kun halvtaabne og syntes ikke at se; men det forpinte Udtryk var veget af Ansigtet, det var næsten den gamle polidske Skipper Worse; det tætte, snehvide Haar laa saa smukt fremover i de urokkelige Orkanbølger, og Hænderne lagde han stille ned paa Tæppet, somom han var færdig med noget.

Thi i sidste Øieblik slap Djævelen Taget, og idet Sygdommen for sidste Gang rystede det stærke Legeme, og Hjernen gjorde sine sidste Trækninger, blev der i Mylderet af uklare Minder og forvildede Tanker, der snurrede forbi, et Billede hængende, som endnu et lidet Secund lyste for den plagede Mand.

Det var den navnkundige Hjemkomst fra Rio de Janeiro, hans Stoltheds Dag.

Skipper Worse stod igjen ombord paa „Familiens Haab"; der blæste en frisk Nordenvind indover Fjorden, og den gamle Brig gled mageligt frem for smaa Seil.

Han aabnede sine Øine; men han saa ikke de blege Ansigter omkring sig.

Han saa Solen skinne over Sandsgaardbugten, hvor blaa Sommerbølger løb i flokkevis mod Stranden, for at melde, at Jacob Worse var i Fjorden.

Han prøvede at løfte Hovedet for at se bedre; men da sank han tilbage i Puderne og mumlede med et inderligt fornøiet Smil:

„Vi kommer sent — Hr. Kunsel! men vi kommer godt!"

— Saaledes seilede gamle Skipper Worse ud af Livet.

Also available from JiaHu Books:

Sne – Alexander Kielland
Garman & Worse – Alexander Kielland
Novelletter – Alexander Kielland
Else – Alexander Kielland
Fortuna – Alexander Kielland
Nye Novelletter/To Novelletter Fra Danmark – Alexander Kielland
Brand - Henrik Ibsen
Et Dukkhjem – Henrik Ibsen
(Norwegian/English Bilingual text also available)
Peer Gynt – Henrik Ibsen
Hærmændene på Helgeland – Henrik Ibsen
Fru Inger til Østråt -Henrik Ibsen
Gengangere – Henrik Ibsen
Catilina – Henrik Ibsen
De unges Forbund – Henrik Ibsen
Gildet på Solhaug - Henrik Ibsen
Kærligdehens Komedie - Henrik Ibsen
Synnøve Solbakken - Bjørnstjerne Bjørnson
Nils Holgerssons underbara resa genom Sverige - Selma Lagerlöf
Gösta Berlings Saga - Selma Lagerlöf
Den siste atenaren – Viktor Rydberg
Singoalla – Viktor Rydberg
Det går an - Carl Jonas Love Almqvist
Drottningens Juvelsmycke - Carl Jonas Love Almqvist
Röda rummet – August Strindberg
Fröken Julie/Fadren/Ett dromspel - August Strindberg
Egils Saga (Old Norse and Icelandic)
Brennu-Njáls saga (Icelandic)
Laxdæla Saga (Icelandic)
The Little Mermaid and Other Stories (Danish/English Texts) - Hans-Christian Andersen
Die vlakte en andere gedigte (Afrikaans) - Jan F.E. Celliers

www.ingramcontent.com/pod-product-compliance
Lightning Source LLC
LaVergne TN
LVHW091005080826
845145LV00003B/1141

* 9 7 8 1 7 8 4 3 5 1 9 1 5 *